Pour Marie Paul
un formidable
Sac de Bises.

Le 29/3/06

Pour Marie Paul

"LE PARTAGE"

Le plus beau des partages

c'est la Vie à deux !

Surtout et toujours,

quand on est

amoureux - - -

amitiés -

[signature]

DU MÊME AUTEUR

AUX ÉDITIONS DU ROCHER

Les Aventuriers des Nouveaux Mondes, roman.
La Guerre à l'italienne, roman.
Agates et calots, roman.

AUX ÉDITIONS RAMSAY

Un curé pas comme les autres, roman.
Un enfant trop curieux, roman.
Andreï ou le hussard de l'Espérance, roman.

AUX ÉDITIONS J.-C. LATTÈS

Un sac de billes, récit.
Anna et son orchestre, roman (prix RTL, Grand Public).
Baby-foot, roman.
La Vieille Dame de Djerba, roman.
Tendre Été, roman.
Simon et l'enfant, roman.
La Jeune Fille au pair, roman.
Je reviendrai à Göttingen, roman.

POUR ENFANTS

Le Fruit aux mille saveurs, éd. Garnier
La Carpe, G.P. Rouge et Or.

Joseph Joffo

LE PARTAGE

roman

ÉDITIONS DU
ROCHER

ISBN 2 268 05614 7

PREMIÈRE PARTIE

Chapitre 1

Quelle belle balade ! Il faut dire que ce jour-là, le 6 avril 1945, le soleil brillait sur Manhattan, faisant étinceler les parois de verre et d'acier des gratte-ciel. Dans Central Park un jeune homme, Jérémy Jackson, tout juste démobilisé, parcourait les allées de ce qui lui semblait être, après les épreuves de la guerre, un havre de paix et de quiétude. Ancien officier, capitaine plus précisément, dans l'US Army, Jérémy avait décliné les offres plus que pressantes de l'armée, dont les recruteurs le voyaient déjà général, d'ici quelques années tout du moins.

Les retrouvailles avec la ville, sa ville, ce New York où battait le cœur du monde, constituaient pour Jérémy la plus belle des récompenses, le plus agréable des délassements, après des années d'incertitude où, d'une minute à l'autre, tout pouvait basculer, jusqu'à en perdre la vie. En ce moment, Jérémy ne pouvait cependant pas s'empêcher de penser, avec une certaine tristesse, à la cinquantaine de millions de victimes du second conflit mondial. Il ne se doutait pas qu'au même moment, ou peut s'en faut, la première bombe A tombait sur le Japon. Pourtant Jérémy ne parvenait pas à se sentir coupable, et ne le voulait d'ailleurs pas. Oui, il avait survécu, lui et pas seulement lui : Ben, son meilleur ami, son frère presque, avait également bénéficié d'une chance insolente, permettant à l'un comme à l'autre d'envisager l'avenir avec sérénité.

Mais ce jour-là, plus qu'à sa chance, plus qu'à Ben, plus qu'aux victimes de la guerre, c'est à sa famille que pensait Jérémy. À sa famille qui était venue le chercher à l'aéroport, célébrant son retour, le fêtant comme un héros. Famille élargie d'ailleurs, puisque parmi ceux qui étaient venus le chercher figurait Johnny Cohen, un avocat, aussi brillant que talentueux, ami de la famille de longue date et chez qui Jérémy avait tout appris, ou presque, du noble métier de défenseur. Un Johnny Cohen qui était d'autant plus porté à considérer Jérémy comme son fils spirituel que, célibataire et sans enfants, le jeune homme apparaissait comme le successeur tout désigné à la tête de son cabinet d'avocat. Cabinet qui ne comptait certes pas parmi les plus prestigieux de la ville, mais qui était néanmoins prospère, sa clientèle comptant des personnalités comme Lucky Luciano. Peu recommandable peut-être, mais tellement rémunérateur !

Et puis, au soleil de la Grosse Pomme, il fallait entretenir de bonnes relations avec toutes les communautés. Juif comme Johnny, Jérémy ne pouvait pas s'aliéner la puissante diaspora italienne, qui ouvrait des horizons sur tous les catholiques de la ville, Irlandais et Polonais en tête. Le père de Jérémy quant à lui, Alberto, avait su « faire ses affaires » avec succès, installant progressivement sa famille dans une aisance qui faisait de lui un homme respectable, et respecté. Bien sûr, pour cela, il avait fallu prendre progressivement ses distances avec les soutiens de la première heure, alors indispensables, pègre italo-américaine et autres gangs juifs de Brooklyn. Distances qui ne signifiaient d'ailleurs pas rupture, puisque chaque affaire délicate à régler donnait à Alberto l'occasion de réactiver ses réseaux.

Alberto, petit à petit, dollar après dollar, coup de génie après coup de chance, avait fait son chemin dans le monde des affaires new-yorkais. Il était arrivé en Amérique en pleine époque de la Prohibition, alors que l'économie parallèle issue du trafic de l'alcool irriguait de son flot d'argent à recycler l'économie « officielle ». Très intelligemment, il avait proposé à quelques magnats de la ville de placer leurs dollars d'origine douteuse dans une affaire de textile qui n'allait pas tarder à avoir pignon sur rue : c'était là l'idée de génie d'Alberto, qui lui avait permis de trouver tout de suite sa place dans sa patrie d'adoption.

Dans les premiers temps son entreprise n'était guère plus qu'un très modeste atelier familial, comme il en existait tant à New York. Rachel et lui cousaient, piquaient sans relâche sur leur vieille Singer, machine à coudre qui était à l'origine de leur prospérité actuelle. Les clients d'Alberto fournissaient le patron et le tissu, et lui devait livrer, souvent dans des délais très courts, le produit fini : robes, vestes, chemises, tailleurs, jupes, pantalons, aucune pièce d'habillement n'était exclue de la gamme de la maison Jackson & Fils, puisque tel était le nom de la firme familiale. Cette firme, Alberto l'avait fait grandir avec amour, lui consacrant tous les soins qu'il ne réservait pas à sa femme et à ses enfants.

Bientôt sa réputation avait fait le tour de la rue, puis du pâté de maison, puis du quartier, puis, enfin, de la ville tout entière. C'est alors qu'Alberto avait choisi de changer d'échelle et de donner à son affaire une toute autre dimension. Ayant eu l'occasion de rencontrer, à plusieurs reprises, des hommes liés à la mafia, il connaissait les difficultés qu'éprouvaient ces *boss* d'un tout autre calibre que le sien à faire réapparaître dans le circuit légal de l'argent les sommes colossales que leurs activités leur permettaient d'amasser. Il avait convaincu plusieurs d'entre eux de devenir ses commanditaires et, rapidement, l'affaire fut conclue, à la satisfaction de tous.

Puis vint la crise, la Grande Dépression, l'année noire de 1929. À cette époque où les cartes, bonnes et mauvaises, changeaient de main à une vitesse ahurissante, Alberto avait su faire les bons choix au bon moment, sous la pression des événements, et alors que tant de ses concurrents avaient été acculés à une faillite totale. À l'époque son entreprise n'était plus, depuis un certain temps déjà, l'atelier familial de ses débuts. Grâce à ses anges gardiens, son affaire avait déjà pris une certaine envergure et, surtout, disposait d'une trésorerie florissante, qui lui permettait de payer cash sans jamais s'endetter, cercle vicieux qui avait été à l'origine de la débâcle boursière et de la ruine de tant de ses compatriotes.

Alors Alberto put racheter, à des prix ridiculement bas, tout ce qui faisait encore défaut à son entreprise : les dernières machines textiles, les plus automatisées, les plus rapides, les plus perfectionnées. Des bâtiments d'usine flambant neufs, à l'éclairage naturel, assez vastes pour pouvoir faire face à la demande en cas d'expansion future. Des stocks de tissu impressionnants, allant des soieries lyonnaises au nylon le plus résistant, achetés une bouchée de pain aux ventes aux enchères qui se succédaient, liquidation judiciaire après liquidation judiciaire.

Surtout, il avait opéré alors des choix stratégiques, qu'il voulait appliquer dans le cadre d'une politique à long terme, afin de pérenniser l'entreprise qu'il avait fondée. S'il travaillait toujours sur commande, il avait depuis longtemps renoncé aux petites séries, et n'acceptait que des quantités de pièces suffisamment importantes pour faire une marge confortable. C'est ainsi qu'il s'était associé à Sears & Robuck, l'entreprise de vente par correspondance, qui sous-traitait auprès de lui la fabrication de tous les vêtements que des millions d'Américains pouvaient voir dans les catalogues de la firme. Une manne inespérée, qui conférait à Jackson & Fils une véritable rente de situation, assurant des débouchés sûrs à son usine en permanence, sans craindre la versatilité des cycles économiques ou les aléas de la demande.

Parallèlement, Alberto avait commencé à établir des contacts avec l'US Army afin de fournir des uniformes. Si cette partie de son activité n'était pas très rémunératrice, elle était en revanche prestigieuse et lui ouvrait bien des portes qui sans cela seraient restées closes pour le petit immigrant à peine débarqué qu'il était. Enfin, il était à l'origine d'une dernière diversification dont il était le pionnier, ce qui ne le rendait pas peu fier : le prêt-à-porter de luxe, concept qu'il avait tout simplement inventé, personne avant lui n'ayant eu l'idée de s'engouffrer dans un créneau pour lequel la demande était pourtant forte.

Associé à Bergdorf Goodman, la célèbre maison de couture new-yorkaise, qui reproduisait pour ses riches clientes les derniers modèles de Paris ou de Londres, Alberto avait en quelque sorte démocratisé la haute couture, permettant grâce à la production en série d'amortir les coûts que la confection d'un modèle unique ou de quelques exemplaires seulement rendait inabordable pour la majorité des consommateurs. Ainsi, au prix certes d'une certaine simplification dans le stylisme et à l'exception des robes du soir, dont les broderies, plumes et paillettes ne se prêtaient décidément pas à une production en usine, Jackson & Fils inondait le marché américain des tenues pour femmes les plus élégantes, les plus résistantes aussi, pour des prix ridiculement bas. Grâce à Alberto, chaque Américaine pouvait croire qu'elle était une star de Hollywood, habillée comme Marlene Dietrich ou Greta Garbo ne l'étaient que sur les plateaux de tournage.

On le voit, Alberto n'avait pas à rougir devant la gloire toute neuve de son fils. Lui aussi avait fait la guerre, sa guerre. Comme fournisseur en uniformes de l'armée américaine, il avait également, à sa manière, contribué à la victoire.

Lui aussi avait reçu une décoration, une médaille certes moins glorieuse que celle fièrement arborée par son fils, mais enfin qui témoignait suffisamment de la reconnaissance que la patrie lui témoignait pour sa participation active à l'effort de guerre.

Cette médaille, Alberto en avait placardé le diplôme sur les murs de son usine d'habillement, disant à ses ouvriers : « Cette décoration, je l'ai affichée un peu partout sur les murs de vos ateliers parce que je veux la partager avec vous. C'est à nous tous, qui travaillons ici, que le gouvernement l'a décernée. » Ainsi était Alberto, un immigré digne d'une image d'Épinal, croyant dur comme fer à la liberté d'entreprise, à la liberté tout court, à la démocratie américaine, une démocratie digne d'un pays où tout est possible à qui veut bien mériter sa place au soleil. Fier de son pays d'adoption, le plus grand pays du monde, comme il était fier de son fils, sorti de West Point et inscrit au barreau de New York, officier héroïque et fils exemplaire.

Il en avait fait du chemin, Alberto, depuis qu'il avait quitté la Palestine [1]. Et ce chemin, il ne l'avait pas parcouru seul. Il l'avait parcouru avec Rachel, son épouse, qui l'avait toujours épaulé, dans les bons comme dans les mauvais jours. Avec Rachel il avait scellé son alliance et leur bonheur commun d'une belle progéniture, un fils et une fille, Jérémy et Deborah, don du Ciel qui avait assurément béni leur union.

Le Ciel justement, c'était bien le seul motif de discorde au sein de ce couple par ailleurs exemplaire. Rachel soupçonnait Alberto de ne pas croire en Dieu, du moins pas sincèrement, pas comme elle le faisait. Alberto niait ces accusations d'incroyance, expliquant à sa femme qu'il croyait dans le Tout-Puissant à sa façon, qui n'était pas forcément moins

1. Voir *Le Hussard de l'espérance.*

bonne que la sienne. Alberto ne manquait d'ailleurs jamais un shabbat, et s'était fait un ami du rabbin de la synagogue qui, lui, ne lui tenait pas rigueur de faire avec le Très-Haut le pari de Pascal, puisque telle était au fond l'attitude d'Alberto en matière religieuse : « Je crois parce qu'on ne sait jamais, il vaut mieux croire… »

Cette attitude, foncièrement déiste et détachée de tout dogmatisme confessionnel, c'était aussi un peu celle de Jérémy. Mais pour le moment, après s'être comme saoulé de retrouvailles avec ses parents, sa sœur et Johnny Cohen, c'est à Ben qu'il pensait. Ben, « le Palestinien » comme il l'appelait, qui avait dû lui aussi goûter aux joies des embrassades familiales : Andreï et Sarah, ses parents, et Myriam, sa délicieuse sœur, qui avait toujours exercé sur lui un magnétisme presque animal. Loin des yeux loin du cœur se disait Jérémy. Était-ce si sûr ? Lorsqu'il avait pour la dernière fois demandé des nouvelles de Myriam à Ben, celui-ci lui avait répondu d'un énigmatique « elle t'attend ». Et si les quelques milliers de kilomètres qui les séparaient n'étaient rien au regard de leur complicité naissante ? Bien sûr ils ne s'étaient pas formellement engagés l'un envers l'autre mais enfin il y a des regards, des sourires, des attitudes qui ne trompent pas.

Il est vrai que Myriam et Jérémy avaient des tempéraments qui les rendaient complémentaires, sans même parler de leur attirance mutuelle. Jérémy le réservé, farouchement muré dans son silence de sage avant l'heure, n'aimant pas les bavardages creux. Jérémy le pudique, qui ne détestait rien tant que de se livrer, et dont le caractère secret était bien connu de tous ceux qui l'approchaient. Son mystère, c'était sa force. Bien malin celui qui pouvait se vanter d'avoir percé à jour Jérémy, de savoir ce qu'il pensait véritablement. Pour Jérémy, être un homme, c'était cela : faire plutôt que dire, être jugé sur ses actes et non pas sur des paroles.

« Fais ce que dois, advienne que pourra » : telle aurait pu être sa devise.

Myriam l'extravertie, qui aimait parler de tout et de rien, au gré de ses humeurs et de ses passions. Myriam la jeune femme à la beauté solaire, éblouissante, qui connaissait son pouvoir sur les hommes et savait en jouer à merveille. Tendre, démonstrative à l'excès, pleine de vie et de bonne humeur, son exubérance naturelle avait dans un premier temps dérouté Jérémy. Puis il n'avait pas tardé à réaliser ce qu'il y avait de profondément généreux chez Myriam, et à quel point la jeune femme était vraie. Elle ne trichait pas, Myriam, jamais. Avec elle, on savait très vite à quoi s'en tenir : ami ou ennemi. Ses passions étaient entières, comme ses inimitiés. Quand Myriam se donnait, elle se donnait totalement, sans retenue. Mais gare à celui qui la décevait, et ne savait pas se montrer digne de son amour.

Myriam et Jérémy, c'était l'eau et le feu. L'une emportée par des élans permanents, par des foucades, des coups de tête, l'autre n'aimant rien tant que réfléchir et analyser les situations. Alors seulement, Jérémy pouvait prendre une décision, et pas avant. Pour Myriam, l'instinct primait tout, elle « sentait » les gens et les choses. Et son instinct l'avait rarement trompée. C'est pour cela que, quand débuta sa liaison avec Jérémy, elle avait compris, bien avant le jeune homme, que leur histoire n'était pas une simple passade, le fruit du désœuvrement ou d'un désir de séduction passager. Bien avant Jérémy, elle avait su déceler ce qu'il y avait de plus profond dans leur relation, et pressentait ce que l'avenir leur réservait.

Pour le moment cependant ce que recherchait Jérémy, c'était le repos. Le repos du corps, le repos du cœur, et aussi le repos de l'esprit. Assis sur un banc, il ne parvenait pas à oublier les images obsédantes de la dernière opération militaire qu'il avait menée avec Ben, dans la lointaine Europe.

Ayant « emprunté » en Italie des camions qui appartenaient à la Brigade juive, ils étaient allés recueillir des rescapés d'Auschwitz qui voulaient accomplir leur *aliyah*, leur « montée » vers Israël, vers leur Terre promise de Palestine.

Ils avaient avec succès soudoyé les gardiens du camp de transit, utilisant leur « trésor de guerre », quelques centaines de livres sterling qu'ils avaient eu la bonne idée de ne pas déclarer aux autorités britanniques. Autorités britanniques dont Ben se méfiait, pressentant que, sur le dossier capital de l'établissement d'un foyer national juif en Palestine, l'allié d'aujourd'hui pouvait fort bien se muer en ennemi de demain.

Jérémy en était là de ses rêveries, goûtant d'une joie sans mélange le soleil de cette journée de printemps, lorsque son attention fut attirée par des cris. À quelques mètres de lui, en plein jour, au cœur de Central Park, un jeune Noir était agressé par trois adolescents, des Blancs, qui le rouaient de coups sans provoquer parmi les passants le moindre sentiment d'étonnement ni, surtout, de réprobation. Devant cette absence de réaction, devant cette indifférence dont Jérémy connaissait le prix, pour en avoir vu dans les camps nazis toute l'indescriptible horreur, son sang ne fit qu'un tour. Sortant brusquement de sa torpeur, il prit la défense du jeune agressé, se battant à un contre trois avec ceux qui continuaient à frapper leur victime.

En quelques coups de poing assenés avec une force suffisante, Jérémy vint à bout des agresseurs qui, voyant à qui ils avaient affaire, au lieu de prendre la fuite sans demander leur reste, restèrent allongés à terre, poussant des gémissements de douleur. Jérémy aida alors le jeune Noir, toujours à terre lui aussi, à se relever. Ce dernier remercia immédiatement son sauveur, lui disant : « Merci pour votre aide. Je n'aurais jamais pu m'en sortir tout seul. »

Jérémy et le jeune homme, qui se prénommait Terry, lièrent ainsi connaissance. Terry aussi avait fait la guerre. Lui aussi avait été envoyé en Europe, sur une terre qu'il ne connaissait pas, et qui, contrairement à Jérémy, n'était pas celle de ses ancêtres. Il en avait rapporté une certaine soif de liberté, une liberté qui en Amérique semblait inaccessible aux « gens de couleur », comme on disait hypocritement, même dans une ville aussi cosmopolite que New York. Il avait parcouru de nombreux champs de bataille : l'Italie comme Jérémy, mais aussi l'Alsace, les Ardennes, l'Allemagne enfin.

Non pas comme combattant, mais comme musicien. Trompettiste de jazz de son métier, il faisait partie d'une fanfare militaire qui essayait de donner un peu de bon temps aux GI, de leur faire oublier le mal du pays en jouant des airs de chez eux. Actuellement il venait de trouver un engagement dans l'orchestre de Lester Young, dont la chanteuse n'était autre que Billie Holiday. Une place que tous les jazzmen du monde convoitaient, mais qui lui était échue, à lui, Terry Hamilton.

Jérémy demandait au jeune homme s'il n'avait rien de cassé, lorsqu'un policier qui ne s'était pas manifesté pendant l'altercation s'approcha d'eux à grands pas : « Que font à terre ces trois garçons étendus sur le sol ? » demanda-t-il à Jérémy et à l'adolescent qui reprenait tout juste ses esprits. Les agresseurs de ce dernier se relevèrent alors aussitôt, pas si sonnés que ça visiblement, mentant effrontément en inversant les rôles. À entendre les explications qu'ils donnaient au policier, c'est Jérémy et le jeune Afro-américain qui les auraient attaqués.

L'agent de la force publique demanda aussitôt ses papiers à Jérémy, et blêmit lorsqu'il vit que l'un des deux accusés était un officier de l'US Army, décoré de surcroît. Pas mécontent de cet effet involontaire, Jérémy profita de la déstabilisation du fonctionnaire pour rétablir la vérité et lui expliquer les choses telles qu'elles s'étaient réellement passées. Présentant ses respects au capitaine Jérémy Jackson, le policier en profita, par la même occasion, pour lui présenter ses excuses, excuses qu'il n'alla pas cependant jusqu'à élargir à destination de Terry.

L'incident était clos. D'un geste, le flic avait fait fuir les petits malfrats. Mais Jérémy pensait à son ami Jo, le musicien noir qu'il avait rencontré pendant la guerre, et qui était mort en débarquant sur les plages de Sicile, pendant la libération de l'Italie. Il se souvint alors de tous ces fils, petits-fils ou arrière-petits-fils d'esclaves, qui avaient mêlé leur sang à celui des Blancs du Texas, de Californie ou d'ailleurs pendant le conflit. Un instant de découragement le gagna. Cette guerre aurait-elle été gagnée pour rien ? Les Américains ne comprendraient donc jamais que la ségrégation raciale n'était pas une solution ? C'est probablement à cet instant que Jérémy prit la décision, au plus profond de lui-même, de rejoindre Ben en Palestine et de partager son combat.

Chapitre 2

Ben qui, lui, ne se posait pas autant de questions, et surtout pas celle-là, celle de la légitimité de son combat pour la libération de la Palestine sous occupation britannique et sa constitution en un État où tous les Juifs du monde pourraient trouver, enfin, une patrie. Il faut dire que l'armée de Sa Très Gracieuse Majesté n'ayant pas manifesté le désir de continuer à le voir servir sous l'Union Jack, Ben n'avait pas demandé son reste, et avait quitté l'armée anglaise aussi rapidement qu'il y était entré. Et c'est sans regrets, sans remords non plus qu'il avait mis le cap sur la Palestine, pour y retrouver sa famille.

Les premiers jours furent bien sûr consacrés aux retrouvailles, aux longues relations de ses faits d'armes en Europe, aux discussions passionnées sur le nouvel ordre mondial qui surgirait du conflit finissant. Car si les combats avaient cessé en Europe, en Palestine, ils ne faisaient que commencer. Opposant milices juives et arabes entre elles et contre les forces britanniques, les incidents armés ne cessaient de gagner en intensité depuis la fin du conflit sur le théâtre européen des opérations. Et Andreï, le père de Ben, y prenait plus que sa part.

Son premier objectif, le plus important à ses yeux, était de garantir contre toute attaque le kibboutz qu'il avait contribué à fonder, et qui était devenu l'œuvre de sa vie. Ce kibboutz, c'était un peu son troisième enfant, ou sa maîtresse. Une maîtresse très exigeante d'ailleurs, et qui lui demandait des soins constants. Combien de nuits blanches, combien d'heures passées dans le doute et l'angoisse, pour faire de cette terre caillouteuse une vallée fertile dont la production d'agrumes faisait l'orgueil de tous ? À la fois colonie agricole et atelier d'usine, le kibboutz d'Ein Harod était la meilleure preuve de ce que pouvait produire l'esprit d'entreprise d'hommes neufs, fiers de partir de rien pour créer de toutes pièces une communauté humaine où régnaient la concorde et l'harmonie.

Pourtant, le moins que l'on puisse dire est qu'à leur arrivée, on n'avait pas fait de cadeaux à ses pionniers. Les Arabes des villages voisins contestèrent la validité des titres de propriété des émigrants, titres pourtant parfaitement légaux tant devant les tribunaux ottomans que devant les tribunaux anglais qui leur succédèrent quand la Grande-Bretagne reçut de la Société des Nations le mandat d'administrer la Palestine en son nom. Après ces chicaneries vinrent les attaques armées, et à plus d'une reprise on eut à déplorer des morts parmi les habitants d'Ein Harod.

Le monde regardait en spectateur, ignorant le courage que donne le fait d'être à la fois agriculteur propriétaire de sa terre et soldat, deux métiers dont les pays européens avaient détourné les Juifs pendant des siècles. Alors oui, pour des immigrants d'Europe Centrale, échappant au statut d'ostracisme qui pesait lourdement sur leurs épaules, Ein Harod, c'était un peu le paradis. Un paradis qu'ils étaient prêts à défendre chèrement, même au prix de leur sang, versé pour une cause qui changerait à tout jamais le destin du peuple juif.

Voilà comment, petit à petit, s'était constituée la communauté d'Ein Harod. Des Juifs, laïcs pour la plupart, qui fuyaient les pogroms et la misère, les persécutions et le mépris affiché, pour enfin être maîtres de leurs vies, sur une terre qui serait leur à tout jamais. Au début seules les productions agricoles permettaient au kibboutz d'équilibrer ses comptes puis, progressivement, des ateliers furent ouverts, apportant un embryon d'industrie dans ces collines reculées de Palestine. C'est que les Juifs étaient nombreux à s'installer en ville, à Haïfa, Tel Aviv, Jaffa, Saint-Jean d'Acre ou Jérusalem, et que leurs habitudes européennes exigeaient la production de produits manufacturés qu'on ne pouvait pas tous importer. Cette déclaration d'indépendance économique, afin de ne pas dépendre des productions étrangères, était le premier pas vers l'indépendance politique de la Palestine, quand les Juifs s'y seraient établis en nombre suffisant pour pouvoir assurer seuls la direction des affaires de cette terre qui leur était promise de toute éternité.

C'est ce à quoi s'employait Andreï de toutes ses forces, puisant dans la contemplation des champs cultivés qui entouraient le village la force de supporter les épreuves. Oranges, pamplemousses, citrons, avocats, tomates, aubergines, palmiers dattiers, oliviers, vignes, blé d'été et blé d'hiver, toutes les productions du bassin méditerranéen se trouvaient représentées à Ein Harod, irriguées par un ingénieux système de rigoles qui datait de l'Antiquité mais que les ingénieurs agronomes du kibboutz avaient su perfectionner. Alors voir le travail de toute une vie, la sienne et celles des cinq cents habitants du kibboutz, réduit à néant par les menées criminelles d'une poignée d'Arabes fanatiques, il n'en était tout simplement pas question.

Voilà pourquoi Andreï avait fondé au kibboutz un groupe clandestin de combattants juifs affiliés à la Haganah, la plus puissante des milices juives de Palestine, combattants qu'il entraînait et qu'il formait aux transmissions. Car les opérateurs radio étaient essentiels à la réussite militaire des groupes armés juifs, qui en manquaient cruellement. À cette fin il avait mis au point un code déroutant de simplicité, un code authentiquement juif puisqu'il utilisait les vingt-deux lettres de l'alphabet hébraïque, auxquelles étaient ajoutées quelques lettres de l'alphabet latin. En découvrant le kibboutz et son activité de ruche bourdonnante, Ben avait pu constater à quel point le moral de ses habitants était au beau fixe : un vrai moral de pionniers, qui risquaient leur vie pour ouvrir la voie vers un destin fait de liberté et de justice.

Dans cette tâche Andreï était efficacement secondé par sa fille Myriam, véritable égérie de la cause sioniste qui, depuis son retour de Sicile, avait déjà réalisé quelques exploits. Le plus brillant d'entre eux avait consisté en l'évasion d'un groupe de combattants juifs internés à Mazra par les Britanniques. Un groupe qui avait déjà plusieurs actions d'éclat à son actif, proche de l'Irgoun, et dont Andreï se méfiait, les considérant comme des extrémistes qui jetaient de l'huile sur le feu. Comme si la situation n'était pas déjà assez explosive !

Pour Myriam, le kibboutz d'Ein Harod représentait à la fois la patrie et le foyer. Elle était née là, sur cette terre, comme son frère Ben. La première génération de Juifs à être nés en Palestine. Elle en était aussi fière que ses parents, plus peut-être. Il ne pouvait être question pour elle d'admettre que quiconque puisse mettre en doute le fait que cette terre était *leur* terre, sans contestation possible. Elle mettait dans cette conviction toute l'ardeur de son caractère, et toute l'insolence de la jeunesse. Malheur à celui qui n'aurait pas partagé son point de vue sur la question !

Attirée par l'action, grisée par le danger des opérations clandestines, Myriam se rêvait en espionne de charme, enjôlant les officiels britanniques en poste à Jérusalem pour leur arracher les plans d'on ne sait quelle base secrète. Pour son pays elle était prête à tout, et son courage physique et moral n'était plus à démontrer. Elle regrettait simplement de ne pas toujours trouver des interlocuteurs « dignes d'elle », comme elle le disait avec une absence totale de modestie, afin de faire avancer les choses à un rythme un peu moins lent. Elle vit dans l'arrivée de Ben l'occasion rêvée de trouver un partenaire à sa hauteur, partenaire dont en outre elle connaissait à fond le caractère.

Dès le retour de Ben, Myriam avait entrepris, tambour battant, de le convertir à ce qui était devenu pour elle une sorte de religion, donnant à sa vie le goût de l'absolu. Longuement, inlassablement, patiemment, elle plaidait sa cause, utilisant tous les arguments dont elle savait qu'ils pouvaient faire fléchir son frère.

– Ben, lui avait-elle dit, je sais bien que tu en es parfaitement conscient, que comme moi tu penses qu'un peuple libre est avant tout un peuple qui accepte de se battre pour se défendre... Immédiatement Ben s'enflammait, sortait de lui-même. Mais enfin permets-moi de te dire franchement ce que je pense : si les Juifs d'Europe avaient fait preuve de moins de passivité, s'ils avaient accepté de prendre des risques, tu ne crois pas que tout aurait été différent ? Les nazis auraient alors été obligés de...

Ben ne laissa pas à sa sœur le temps de terminer sa phrase.

– Arrête, s'il te plaît ! Arrête ! Et surtout, cesse un peu de tout mélanger ! Tu compares des choses qui n'ont aucun rapport ! Le combat que nous menons n'a strictement rien à voir avec ce qui s'est passé en Europe. Et je t'interdis de dire que les Juifs d'Europe se sont laissés faire sans réactions, comme des brebis qu'on mène à l'abattoir. Tu oublies un peu trop facilement que la révolte du ghetto de Varsovie a duré plus longtemps que la campagne de France.

Myriam avait alors gratifié son frère de son plus beau sourire et, dans un souffle, lui avait dit :

– C'est justement ce que je voulais t'entendre dire. En Pologne, à Varsovie qui pendant des siècles a été l'une des capitales les plus brillantes du monde juif, ils n'étaient que cinquante mille. Alors que nous, ici, en Palestine, combien sommes-nous ? Beaucoup, beaucoup plus, et tu le sais bien. Comme tu sais que notre peuple se renforce jour après jour par l'arrivée de nouveaux immigrants, trop heureux de pouvoir trouver ici une terre qui est leur seule patrie, la seule patrie possible de tous les Juifs de par le monde. Alors je pense que tu tomberas d'accord avec moi pour reconnaître que, ce qu'une poignée d'hommes affamés et désarmés, mais avec, chevillée au corps, la foi qui transporte les montagnes, ont réussi contre l'une des armées les plus puissantes que le monde ait jamais connues, nous aussi, ici, nous pouvons l'accomplir.

Un combat à armes presque égales, livré par des hommes bien nourris et bien entraînés, et pas par des rescapés faméliques d'un ghetto livré à la destruction. Car Ben ne supportait pas qu'on puisse insinuer que les Juifs d'Europe, par une prétendue passivité, avaient pu faciliter la tâche aux nazis dans leur entreprise démente d'extermination de son peuple. Alors lui revenait en mémoire sa rencontre avec le général Kœnig, lorsque ce grand militaire, ce héros de la guerre des sables vainqueur de Bir Hakeim, avait fait saluer par toutes ses troupes au garde-à-vous le drapeau du futur État juif.

Et pourtant Ben avait peur. Oui, peur. Bien sûr, il comprenait la nécessité absolue pour les Juifs rescapés des camps de la mort de trouver une patrie qui soit la leur, et seulement la leur. Bien sûr il admettait que ce sacrifice sans nom, consenti par la plus monstrueuse des contraintes, devait trouver son expiation par le droit, pour tous les Juifs, de disposer enfin d'une terre que personne ne pourrait leur contester. Ses doutes subsistaient cependant, offrant aux arguments de Myriam une résistance qui stupéfiait cette dernière, animée de la foi inflexible des pasionarias.

Ben savait bien pourtant, en son for intérieur, que sa sœur avait raison. Alors, après un court moment de réflexion, il poursuivit leur débat enflammé en lui disant :

– Tu n'as pas tort, Myriam, comme souvent d'ailleurs... Mais crois-moi, ce n'est pas gagné d'avance. Notre guerre d'indépendance fera encore de très nombreuses victimes avant de voir notre drapeau flotter sur la Palestine. Et des morts, il y en a déjà eu tellement... C'est sûr, il faut une bonne dose d'inconscience pour être sioniste, et mettre ses actes en accord avec ses convictions. Tu le sais bien, toi aussi : nous aurons le monde entier contre nous.

– Et alors ? répliqua Myriam, tu as peur ? Après tout, pour ce qui est d'avoir le monde entier contre nous, notre peuple a une certaine expérience de la question, tu ne crois pas ? Ce ne serait pas la première fois, loin de là ! Mais crois-moi, aujourd'hui nous avons des cartes en main qu'à aucune autre période de l'histoire notre peuple n'a eues. Le monde entier, comme tu dis, a aujourd'hui surtout besoin de se faire pardonner le martyre de six millions des nôtres. Il en a lourd sur la conscience, le monde entier, crois-moi ! Et il faut faire en sorte qu'il ne les oublie pas de sitôt. Oh, pas longtemps, juste assez pour que nous puissions gagner notre guerre de cinq mille ans, et imposer la paix ensuite, à nos conditions bien sûr. Qu'en penses-tu ?

C'est sans l'ombre d'une hésitation que fusa la réponse de Ben :

– Sais-tu que la peur est une preuve d'intelligence, Myriam ? Oh bien sûr, je ne veux pas dire par là que tu es sotte. Loin de moi cette pensée. Mais, pendant que je faisais la guerre, chaque fois que je voyais un soldat tomber au « champ d'honneur », ça me rendait malade. Alors mon expérience, comme d'ailleurs mon tempérament, me fait préférer la négociation à des combats incertains, dont la victoire n'est pas acquise, il s'en faut de beaucoup. Pour résumer ma pensée, je ne peux pas mieux te dire que je ne veux pas que nous nous trouvions dans des situations qui risquent d'aller à l'encontre de ce que nous espérons.

Il repensait alors à son ami Ariel, le talmudiste qui, en guise d'entrée en matière, lui avait posé cette question lors de leur première rencontre, dans une *yeshiva* de Saint-Jean-d'Acre :

– Sais-tu quelle est la différence entre un homme sage et un homme intelligent ?

Sans attendre la réponse de Ben, Ariel avait poursuivi :

– C'est pourtant très simple. La différence est que l'homme intelligent est capable de se sortir de situations dans lesquelles un homme sage ne se serait pas engagé.

Quels dialecticiens, ces étudiants rabbins ! En une ou deux phrases bien tournées ils peuvent vous démontrer tout et son contraire, la thèse et l'antithèse, et par-dessus le marché vous donner la synthèse…

Mais ces arguments n'atteignaient pas Myriam, tout à l'urgence de son combat. Elle avait beau expliquer à son frère qu'après ce qui s'était passé pour les Juifs d'Europe pendant la guerre « le monde leur devait bien ça », elle n'avait pourtant rien à lui opposer lorsque ce dernier l'emmenait sur un autre terrain. Les morts n'avaient-ils pas déjà été assez nombreux ? Ne valait-il pas mieux un accord sur la base de prétentions réalistes plutôt qu'une nouvelle guerre qui, immanquablement, embraserait la région ? Oui, Ben préférait la négociation au langage des armes.

Mais Ben n'avait jamais su résister aux femmes, et encore moins à sa sœur. Voilà pourquoi, peu à peu, taisant ses réserves, gardant pour lui ses objections, il était devenu en quelques jours un militant convaincu de la cause sioniste, cette douce utopie où la candeur le disputait à l'inconscience, née dans les ghettos et dans les shtetls d'Europe Centrale voilà plus d'un demi-siècle maintenant. Et, deux semaines seulement après son retour, il était devenu un opérateur radio de premier ordre, formé sur le tas par des professionnels.

Son père avait bientôt fait de lui son bras droit, reconstituant ainsi au sein de la direction du kibboutz la cellule familiale. Son expérience de l'Europe, et de l'armée anglaise, était précieuse à Ein Harod. À la suite des élections générales qui avaient eu lieu en Grande-Bretagne, Winston Churchill, le héros de la guerre, avait été renvoyé dans ses foyers. Les électeurs britanniques lui avaient préféré Clement Attlee, le chef du Parti travailliste. Et ce dernier n'avait pas du tout l'intention de tenir les promesses de Churchill en matière d'émigration juive en Palestine.

Il prétendait s'en tenir aux dispositions du Livre Blanc de 1939, très restrictives, et négociées alors que les Britanniques avaient pour priorité absolue de ne pas heurter leurs alliés arabes. Négociées surtout avant que le drame vécu par les Juifs d'Europe ne survienne. Les pressions du président américain Harry Truman, sollicité par Ben Gourion, chef incontesté des Juifs de Palestine, n'y firent rien, et le gouvernement anglais persista à s'en tenir à des quotas d'immigration ridiculement faibles, sous le prétexte que de plus gros contingents mettraient en péril la paix dans la région. Andreï, qui était en contact régulier avec Ben Gourion, se tenait fébrilement informé de l'évolution de la situation, et ne cachait pas ses divergences avec celui en qui il reconnaissait pourtant le père de sa patrie future.

Divergences qui étaient partagées par Ben, devenu plus intransigeant encore qu'Andreï ou Myriam dans la défense de leur cause. À plusieurs reprises, seul à seul ou en présence de son père, Ben avait eu l'occasion de rencontrer Ben Gourion, et de s'entretenir longuement avec lui de la réalisation concrète du projet qui occupait toute leur vie, la création d'un État juif en Palestine. Ben trouvait alors le courage de reprocher à Ben Gourion son légalisme délicieusement désuet. Comme si les Arabes allaient laisser se fonder un État juif dans la région sans réagir ! Comme si les Britanniques allaient offrir cette nation aux Juifs du monde entier sur un plateau ! Ben argumentait sans relâche, expliquant au « chef » qu'au rythme où allaient les choses leur État n'aurait pas encore vu le jour dans cent ans, et qu'il fallait absolument, et par tous les moyens, accélérer le processus.

Il citait en exemple l'action de son père, goutte d'eau dans l'océan peut-être, mais goutte d'eau qui prenait plus que sa part du combat commun. Il rappelait à Ben Gourion que Shaül Arigour, un ami d'Andreï, avait monté un réseau d'immigration clandestine qui avait déjà permis à plus de trois mille Juifs d'Europe et d'Afrique du Nord de s'installer sur le sol de la Terre promise. Ben pensait que cette franchise vis-à-vis de Ben Gourion était impérative, et que d'ailleurs ce dernier devait apprécier ce trait de caractère, lui qui était entouré de tant de flagorneurs jouant sur sa vanité de haut dirigeant.

Il ne savait pas à quel point il était dans le vrai. Aussi fut-il interloqué quand Ben Gourion lui proposa, sans préambule, de l'accompagner à Paris où une mission de première importance l'appelait. Car, sous couvert d'un opérateur radio, c'est bel et bien d'un véritable conseiller politique que Ben Gourion avait besoin, un conseiller qui connaîtrait à fond les réalités de la Palestine, mais aussi celles de l'Europe et des États-Unis : en un mot le portrait de Ben, ou tout comme.

Dans un premier temps, Ben avait fait part à Ben Gourion de ses hésitations. Était-il assez expérimenté ? Ne serait-il pas plus utile en restant à Ein Harod ? Un peu par conviction, beaucoup par coquetterie, Ben avait pris plaisir à finasser, à se faire prier par celui auquel n'importe quel Juif de Palestine aurait obéi immédiatement, au doigt et à l'œil. Il avait bien sûr sollicité, et obtenu, l'accord de son père, faisant valoir que Myriam ferait un excellent bras droit en son absence, et que de toute façon elle était habituée à tenir ce genre de rôle.

Il avait alors donné au « Vieux » une réponse formelle et positive, et leur débat politique enflammé s'était conclu par une position pour une fois partagée par les deux hommes : que la « paix civile » version anglaise ne pouvait qu'apporter la guerre, et qu'un peuple dépouillé de sa dernière lueur d'espoir sait qu'il ne lui reste plus qu'à se battre jusqu'à la mort. Par ailleurs l'un et l'autre, le vieux politicien chevronné et le jeune héros de la guerre, étaient tombés d'accord sur un dernier point, capital : il fallait laisser une dernière chance à la diplomatie.

Mais, de retour à la maison, Ben devait affronter un interlocuteur bien plus terrible, bien plus madré que David Ben Gourion : Sarah, sa mère. Si cette femme de caractère, au courage bien trempé et aux convictions solidement chevillées au corps était tout sauf une caricature de *yiddish mama*, elle n'en partageait pas moins les angoisses communes à toutes celles qui donnent la vie. Silencieuse, ses reproches muets touchaient d'autant plus son fils. Oui, bien sûr, il serait utile à leur cause à Paris. Mais enfin il avait déjà risqué sa vie au front, et il n'était de retour au foyer familial que depuis quelques mois à peine.

Son cœur de mère lui faisait un devoir de placer la sécurité de son unique fils au-dessus de toute autre préoccupation, si glorieuse fût-elle. Mais dans ce combat très inégal, où la force des sentiments le disputait aux réalités de l'après-guerre en Europe, Ben savait pouvoir disposer de deux alliés de poids : son père et sa sœur. Andreï et Myriam se liguèrent donc pour dissiper les angoisses de Sarah, pour lui représenter qu'à son âge Ben était assez mûr et responsable pour se prendre en charge, et que son amour maternel ne devait pas empêcher ses enfants de prendre leur vie en main. Lassée des discussions familiales sans fin plus que convaincue, puisant dans sa générosité assez de force pour maîtriser l'inquiétude qui la rongeait, Sarah céda, et donna son accord.

À New York en revanche, l'atmosphère était loin de baigner dans la même euphorie, et Jérémy broyait du noir. La guerre était finie, et pourtant il ne parvenait pas à s'y faire. Bien sûr la victoire des Alliés avait été dignement fêtée, comme seuls les New-Yorkais savent le faire. Bien sûr Mac Arthur avait été accueilli en héros, lui qui, après Pearl Harbor et son éviction des Philippines par les Japonais, avait dit : « Je reviendrai. » Et il était revenu en effet, et le monde entier partageait la joie des Américains, la joie d'être libéré du joug des forces de l'Axe. En Europe, destructions et rationnement tempéraient un peu cette joie, sans parler des difficultés à intégrer les rescapés de l'indicible, les cent mille survivants des camps de la mort.

Jérémy abordait souvent ce thème lors des discussions avec son père Alberto, et le moins que l'on puisse dire est que les deux hommes n'étaient pas sur la même longueur d'ondes. Bien sûr Alberto était conscient de ses responsabilités de notable de la communauté juive, et participait plus que largement aux collectes organisées par le consistoire, tant pour améliorer le sort des Juifs d'Europe que pour assister ceux qui construisaient l'avenir de leur peuple en Palestine. Il était resté en communication étroite et constante avec Andreï, l'ami des mauvais jours, le frère dans les épreuves qu'ils avaient traversées côte à côte [1].

1. Voir *Le Hussard de l'espérance*.

Leur périple à travers le Caucase et l'Asie Mineure, pour fuir la Russie des Tsars inhospitalière au peuple d'Abraham et transformer le désert de Judée en une oasis luxuriante. Les difficultés de la colonisation agricole en Palestine, dans un des premiers kibboutz, où l'on manquait de tout, et d'abord de terres labourables. Les attentats arabes, qui avaient valu à son premier amour, une Roumaine aussi belle qu'intelligente, de perdre la vie [1]. C'est ce funeste événement qui avait fait comprendre à Alberto qu'il n'avait pas, comme Andreï et Sarah, l'âme d'un pionnier, et qui l'avait décidé à quitter la Palestine pour aller trouver refuge en Amérique, il y avait de cela déjà un quart de siècle.

Alors lorsque son morveux de fils prétendait lui faire la leçon, et croyait le culpabiliser en lui disant qu'il ne donnait que son argent, alors que « là-bas » ils donnaient leur sang, Alberto explosait, et sortait littéralement de ses gonds. Il avait alors des mots très durs pour Jérémy, dont il raillait les certitudes faciles de citoyen américain de naissance, parfaitement intégré et dont le grade de capitaine ne devait pas lui faire croire qu'il le dispensait non seulement du respect filial, mais surtout d'une compréhension profonde de ce qui le séparait de son père : non seulement une génération, mais surtout une éducation reçue dans l'aisance.

Alberto, lui, avait dû se contenter des rudiments, et avait travaillé sans relâche toute son existence pour pouvoir offrir à sa famille les chances de réussite qu'il n'avait pas reçues, lui, dès la naissance. Une fois calmé, une fois sa hargne envers Jérémy passée, Alberto s'en voulait d'avoir parlé aussi durement à son fils. Il ne voulait évidemment pas se l'aliéner. N'était-il pas celui pour qui, avec sa mère et sa sœur, il avait tout construit, tout édifié ? Alors Alberto et Jérémy faisaient la paix, pas mécontents néanmoins de ces

1. Voir *Le Hussard de l'espérance*.

passes d'armes entre hommes, où deux adultes s'affrontaient pour ce qu'ils croyaient être juste.

Ce jour-là justement, pour sceller leur réconciliation, Alberto avait un cadeau pour son fils, un cadeau aussi précieux qu'inattendu : une lettre d'Andreï.

Mon cher Alberto,

Sache que je compte beaucoup sur toi, car ici tout reste à faire. Je souhaite te charger d'une mission de confiance, une mission de première importance dont je ne peux charger que toi, dont je sais que je peux répondre comme de moi-même. En deux mots, il s'agit d'affréter des navires pour conduire en Palestine de nouveaux émigrants. Cela va coûter très cher. Mais je connais ta générosité, et ton dévouement à notre cause. Et, une fois encore, c'est à toi que je fais appel et, à travers toi, à toute la communauté juive de la puissante Amérique. Sans toi, sans vous, tu le sais, notre combat serait perdu d'avance. Vous avez toujours su nous fournir le « nerf de la guerre » et sache qu'ici, nous vous en sommes très reconnaissants. Depuis le mois de mars 1945, nous avons un point de contact parisien, à l'hôtel Royal Monceau. Ben, mon fils, y séjourne depuis maintenant quelques semaines, et souhaite prendre contact soit avec toi, soit avec Jérémy. Tous deux nos fils ont déjà fait leurs preuves en Italie et je suis sûr qu'une fois encore, ils ne vont pas nous décevoir.

Je te confie tout cela sous le sceau du secret, bien évidemment, mais sache que je ne fais rien sans l'accord de Ben Gourion, qui a emmené Ben avec lui à Paris. Là-bas, grâce à un contact au cabinet du ministère de l'Intérieur, nous avons pu installer un émetteur clandestin. Le chef de cabinet du ministre est un ami, et il est tout acquis à notre cause. Je te donne notre longueur d'onde. Tu peux l'utiliser pour nous donner des nouvelles, à condition qu'elles soient bonnes ! Ben souhaite vivement que ton fils Jérémy le rejoigne à Paris. Je sais. Tu vas me dire : « Tu me prends déjà mon argent, tu ne vas pas en plus me prendre mon fils. » C'est que nous avons besoin d'hommes encore plus que de fonds, et surtout d'hommes de la trempe de Jérémy. Je compte absolument sur toi et t'adresse mes pensées les plus fraternelles.

Au fur et à mesure de la lecture de cette missive, le visage de Jérémy se mettait à rayonner. Comme son père le connaissait bien ! Comme il savait ménager sa pudeur, et quelle délicatesse dans cette manière de lui faire un cadeau inespéré ! Et, lorsque Alberto conclut leur entretien d'un laconique « je crois que tu es attendu là-bas », il porta à son comble le bonheur de son fils. Les deux hommes commencèrent sans plus attendre à échafauder les plans les plus ambitieux : Alberto à New York, se chargeant du financement et de l'intendance, et Jérémy à Paris, dans un rôle inattendu d'agent secret partie prenante d'une mission d'autant plus risquée qu'elle devait évidemment se dérouler dans la discrétion la plus parfaite. Pas question de hâblerie, de rodomontades ou de vantardise facile. Ici tout manquement à la prudence pouvait se payer en vies humaines. Alors les risques... Oui il y avait des risques. Mais pouvait-on se permettre de vivre sans en prendre jamais aucun ?

C'est justement ce que n'était pas loin de penser la mère de Jérémy, qui le rêvait marié au plus vite à une « Jewish American Princess », une authentique aristocrate ashkénaze, de ces familles Nouvelle Angleterre pur sucre où l'on porte des noms à consonance anglaise ou néerlandaise depuis au moins deux siècles. Comme la mère de Ben, elle avait parfois du mal à comprendre le goût de l'aventure de son fils, son attirance pour une vie exaltante... et dangereuse.

Mais Jérémy avait d'autres impératifs, d'autres ambitions, et n'était pas homme à se laisser fléchir par des lamentations qu'il aurait jugées hors de propos. Aussi chargea-t-il son père d'annoncer à sa mère et à sa sœur, les deux premières femmes de sa vie, et de la manière la plus diplomatique possible, son prochain départ pour la France. Alberto s'y prépara courageusement, testant pour la première fois devant un miroir une argumentation fondée essentiellement sur les besoins de son usine textile, qui requérait les soins exclusifs de sa femme et de sa fille en cette période de boom économique qui ne saurait durer éternellement. Au fond il enviait son fils et, en guise de bénédiction paternelle, lui dit avec un clin d'œil : « Faites-vous rare, et on vous aimera. »

Chapitre 3

En ce 8 mai 1945, Paris fêtait non seulement la Libération, qui avait déjà eu lieu l'année précédente, en un inoubliable mois d'août, mais surtout la fin de la guerre. Spontanément, des inconnus se parlaient dans la rue, impatients de partager leur joie. La foule avait envahi la chaussée, interdisant de fait la circulation automobile. Les célèbres taxis parisiens, qui avaient réapparu très peu de temps après la fin des combats, faisaient contre mauvaise fortune bon cœur et stationnaient où ils pouvaient, ne faisant pas tourner le compteur pour leurs clients, qui se mêlaient à la liesse générale. La France tout entière était enfin débarrassée de l'occupant, et les Parisiens faisaient un triomphe aux GI. Le temps de la reconstruction commençait, un travail de longue haleine, pour un pays qui commençait tout juste à panser ses blessures.

Ben assistait, attendri, à ce bonheur qu'on aurait dit universel. Attablé à la terrasse d'un café, il savourait lui aussi la victoire. Depuis deux mois qu'il avait quitté la Palestine pour établir ses pénates dans la capitale française, il était devenu un vrai Parisien. Au début de son séjour l'obstacle de la langue constituait incontestablement une barrière mais, très vite, Ben sut maîtriser la langue de Molière. La lecture quotidienne, et assidue, de la presse française, composée de titres pour la plupart issus des journaux clandestins de la Résistance, l'avait beaucoup aidé dans son apprentissage de la langue. Il fut tiré de sa rêverie par deux GI, qui s'étaient attablés à la même terrasse en compagnie de trois jolies Parisiennes et qui l'invitèrent à partager avec eux la bouteille de champagne qu'ils venaient de commander. Ben ne se fit pas prier.

C'est que la vie était belle à Paris pour deux sous-lieutenants de l'armée US. Après quelques verres et l'échange rapide de banalités d'usage telles que « you love Paris ? It's a good life for you ? », Ben et les deux jeunes officiers étaient devenus les meilleurs amis du monde. Leurs ravissantes cavalières ne parlaient pas anglais, et Ben se chargeait de la traduction, bien que, dans certaines circonstances, entre hommes et femmes, gestes et regards soient amplement suffisants pour se comprendre. Les nouveaux amis de Ben se montraient d'ailleurs très entreprenants et les jeunes femmes étaient visiblement sensibles à leur charme, ne les rabrouant pas et encourageant même leurs entreprises, qu'elles observaient avec un amusement communicatif.

La troisième jeune femme, celle qui n'avait pas de cavalier, demanda alors à Ben dans un sourire : « C'est toujours comme ça en Amérique ? » Ben lui fit part de son embarras. N'étant pas Américain, il avait évidemment du mal à répondre à sa question. Mais ce jour n'était pas un jour comme les autres, elle le savait, et aujourd'hui tout était permis, ou presque. Il observa plus attentivement la jolie Parisienne. Opulente chevelure auburn, qui tombait en cascade sur ses épaules, yeux verts pétillant de malice et d'intelligence, visage à l'ovale parfait rehaussé par un teint de lys. Ben ne put s'empêcher de rêver à des aventures plus intimes avec la jeune femme, qui spontanément avait fait de lui son chevalier servant, dans la plus pure tradition de la séduction à la française, qui il faut bien l'avouer, constituait une nouveauté pour Ben.

Il est vrai que jusqu'à ce jour il avait occupé son séjour parisien à tout autre chose qu'à conter fleurette à de jeunes Françaises. Il avait accompagné Ben Gourion à toutes ses réunions avec Shaül Arigour, faisant part à son patron de toutes les remarques que pouvaient lui inspirer leurs rencontres, de toutes les dispositions à prendre pour que leur mission soit couronnée de succès. Surtout, au prix de difficultés multiples, il était parvenu à mettre sur pied en un temps record un service de transmission équipé du plus puissant émetteur qu'on puisse trouver, permettant de communiquer avec le monde entier.

C'était sans doute là l'aspect le plus décisif de sa mission. L'aspect le plus sensible aussi, dans le cadre d'attributions qui n'avaient pas été précisément définies, mais qui étaient multiples. Tout d'abord venait son rôle de conseiller politique auprès de David Ben Gourion, une légende vivante, le père du sionisme, ou du moins de son aile combattante. Aucun leader auparavant n'avait joué un tel rôle dans le mouvement, n'avait mené un combat aussi ardent et aussi acharné pour faire en sorte que les Juifs puissent, enfin, disposer d'une patrie, et qui plus est sur la terre qui, pour eux, restait plus que jamais la Terre promise.

En tant que conseiller politique, Ben devait s'informer par tous les moyens possibles de tout ce qui touchait à leur combat, dans la presse bien sûr, française comme internationale, mais aussi par des moyens moins accessibles au commun des mortels. Il devait donner son avis sur les dernières évolutions en matière de politique internationale, sur les soubresauts de l'opinion publique dans le monde, en cette fin de conflit où la liberté retrouvée exacerbait souvent les discours. Enfin, il devait faire part à Ben Gourion de toutes les remarques que pouvait lui inspirer sa connaissance des gens et des choses, ainsi que son expérience des pays étrangers. Ben n'avait pas pour rien une âme de *globe trotter*, et rares étaient les jeunes gens de son âge ayant un accès aussi direct et aussi précoce à plusieurs mondes, plusieurs univers, sur tous les continents.

Le deuxième volet de sa mission consistait à recruter des agents parmi les personnes favorables à la cause du sionisme. Par l'intermédiaire du chef de cabinet du ministre de l'Intérieur, il avait eu accès à plusieurs fichiers des Renseignements Généraux. Parmi ces derniers, il avait particulièrement apprécié celui recensant tous les sympathisants du sionisme en France. Pas tous Juifs d'ailleurs, ces alliés parfois inattendus permettaient d'entretenir un mouvement de fond dans l'opinion publique française, afin d'influencer ceux qui, sur le plan politique, disposaient du pouvoir de décision. Accessoirement, ces propagandistes permettaient également de lever des fonds, un aspect crucial pour une cause qui, sans le nerf de la guerre, ne pouvait plus progresser.

Tissant progressivement sa toile, Ben avait suscité de nouvelles vocations, et ses honorables correspondants étaient flattés de l'intérêt qu'il leur portait. Le plus proche conseiller de Ben Gourion en France, ce n'était pas rien tout de même ! Les nouvelles recrues déployaient le zèle des nouveaux convertis, et se chargeaient de diffuser la bonne parole dans leur entourage, qu'il soit familial ou professionnel. Ainsi, petit à petit, Ben était parvenu à créer de toutes pièces un formidable réseau, qui lui permettait de toucher tous les milieux sans exception, de l'Église catholique aux syndicats, du monde politique à celui des affaires en passant par l'armée et les milieux de la culture.

Il avait aussi pris un soin particulier à cultiver ce que l'on pourrait appeler le « grand monde ». La princesse Edmond de Polignac, née Winaretta Singer, et la vicomtesse Charles de Noailles, née Marie-Laure Bischoffscheim, lui « mangeaient dans la main », ou tout comme, et ces deux grandes dames avaient soutenu de tout leur poids les initiatives de Ben auprès de plusieurs de ses interlocuteurs. De telles recommandations facilitaient bien sûr la tâche du jeune homme, qui n'était par ailleurs pas insensible à la bonne humeur qui régnait dans les soirées organisées par ses nouvelles amies. Ces dernières lui disaient souvent « qu'elles vivaient dans le monde de Proust », et avaient donné envie à Ben de lire les œuvres du grand auteur français, trop tôt disparu. Il se mit donc à dévorer *À la recherche du temps perdu*, et dut convenir qu'en effet, ses deux hôtesses favorites vivaient bien dans « le monde de Proust ».

Dans le cadre de sa mission, il avait aussi été secondé par ses réseaux dans l'armée américaine, et surtout par la branche B du Mossad, le service de renseignement des Juifs de Palestine, qui commençait tout juste alors à démontrer une efficacité par la suite unanimement reconnue. Alors on comprendra facilement que Ben avait besoin de détente, et c'est sans hésitation qu'il poursuivit son avantage avec sa voisine de table, lui disant dans le meilleur français dont il était capable : « Je ne suis pas Américain, mais j'ai un point commun avec eux. J'aime la France et les Françaises. Vous me comprenez ? »

La jeune femme ne comprenait que trop bien. Ils décidèrent alors de se présenter : jusqu'alors ils étaient restés anonymes l'un pour l'autre, préférant garder le secret de leur identité dans un marivaudage dont la part de mystère ne faisait qu'ajouter à leur attirance mutuelle. Sa jolie fiancée s'appelait Mauricette. Quant à Ben, chose rare, il déclina son prénom d'état civil, Benjamin. Mais, immédiatement après, il s'empressa d'ajouter que ses amis l'appelaient Ben, ce que ne manqua pas de faire Mauricette sans plus attendre.

L'après-midi se passait ainsi fort agréablement, laissant Ben et Mauricette absorbés dans une conversation qui leur donnait l'impression d'être seuls au monde. Les deux Américains et leurs cavalières continuaient à boire, sans modération, et à rire, tout à la joie de partager un tel moment. La journée tirait à sa fin lorsqu'un orchestre de jazzmen improvisé vint s'installer devant la terrasse, entraînant dans les rythmes du lointain Dixieland Parisiens et Américains clients du bar ainsi que simples passants, électrisés par cette atmosphère qui tranchait radicalement avec les années de grisaille subies pendant quatre ans.

Aussitôt les deux GI enlacèrent leurs partenaires, donnant le signal d'un bal improvisé qui prit Ben et Mauricette au dépourvu.

– Vous prenez des risques en dansant avec moi. La danse n'est pas mon fort. Je me suis levé parce que j'avais envie de vous serrer dans mes bras, dit Ben à Mauricette.

– Vous ne perdez pas de temps ! Bravo. Avec vous au moins on sait rapidement à quoi s'en tenir, lui répondit Mauricette, qui accompagna ce compliment de son sourire le plus enjôleur.

C'est seulement après leur première danse ensemble que les deux jeunes gens décidèrent de se revoir, établissant une relation qui les comblait tous deux. Ben était partagé entre les impératifs de confidentialité inhérents à sa mission et sa volonté d'avoir avec Mauricette des rapports dignes et respectueux, éloignés des petits mensonges qui, à la longue, peuvent détruire une relation. Rapidement il sut cependant trouver l'équilibre entre ces deux exigences contradictoires, et « arrangea » un peu la réalité, de manière plausible bien sûr pour son nouveau béguin. Il était anglais d'Afrique du Sud, ce qui pouvait expliquer son accent si mystérieux pour Mauricette, et exerçait la profession de journaliste pour le *Capetown Times*. Il était en reportage à Paris, écrivant une série d'articles sur la capitale presque un an après sa libération du joug nazi.

Mauricette lui avait fait découvrir Paris, comme seuls de vrais Parisiens peuvent le faire découvrir à des étrangers.

Pas en touriste, mais en vrai connaisseur. Montmartre entre autres avait enchanté Ben, avec ses airs de village paisible au cœur de la capitale, cultivant son particularisme avec un soin jaloux. Ben appréciait chez Mauricette sa discrétion, son sens de la repartie, son humour et son honnêteté foncière. Elle n'était pas une de ces péronnelles qui troquaient un dîner en tête-à-tête contre une paire de bas, une tablette de chocolat ou un paquet de cigarettes. Il est vrai qu'ils avaient depuis longtemps dépassé le stade des simples dîners en tête-à-tête. Mauricette était vraie, franche, tendre, attentionnée et protectrice juste ce qu'il faut pour guider Ben dans sa nouvelle vie en France sans empiéter sur la liberté que le jeune homme souhaitait par-dessus tout conserver. En d'autres termes, ils étaient faits pour se rencontrer, ou tout comme.

Mauricette avait établi un programme de visites extrêmement précis et, chaque jour, ils partaient ensemble à la découverte d'un quartier de la capitale : une occasion de plus d'être ensemble ! Dans le quartier du Marais, Ben avait retrouvé avec bonheur les traditions et l'atmosphère de la vie juive telle qu'elle pouvait exister en Europe centrale. Dans la rue des Rosiers, il entrait dans toutes les boutiques de *delikatessen*, se régalant à L'Étoile de Kiev ou chez Goldenberg. Tout le quartier était peuplé d'artisans, qui avaient installé leurs ateliers dans des vieux hôtels particuliers qui dataient de l'Ancien Régime. Mauricette avait appris à Ben qu'avant la Révolution française le Marais était le quartier favori des magistrats, et Ben retrouva sans mal dans l'architecture des maisons une certaine rigidité, qu'il attribuait en riant aux familles des juges qui avaient fait construire ces splendides demeures.

Mauricette fit également découvrir à Ben le faubourg Saint-Germain, sur la rive gauche, avec d'autres hôtels particuliers, tout aussi somptueux, mais d'une architecture moins sévère. Ben aimait cet air de province en plein Paris, ces rues d'un calme étonnant, avec de hauts murs dérobant aux regards d'immenses jardins, ces rues où on ne croisait décidément pas âme qui vive, quelle que soit l'heure de la journée. Le jour de la visite du faubourg Saint-Germain, Ben et Mauricette poussèrent jusqu'au Luxembourg, dont le palais construit par la reine Marie de Médicis enchanta Ben. Il parcourait inlassablement le jardin, restant de longues minutes près du bassin où les enfants jouaient avec des bateaux miniatures, avant de quitter cet endroit délicieux par l'allée des platanes.

Sortant du jardin par la rue de Vaugirard, il s'engagea avec Mauricette dans la rue Férou, petite artère du vieux Paris qui les mena jusqu'à la place Saint-Sulpice. L'effet baroque de la vaste place, au débouché d'une si petite rue, surprit beaucoup Ben, qui, une fois arrivé devant l'église, se crut ramené en Italie. La même blancheur des pierres, le même style triomphant qui l'avait tant frappé dans les monuments religieux italiens, la même démesure dans les dimensions de l'édifice, immense, et dans la profusion du décor sculpté. Ben apprécia particulièrement l'irrégularité des deux tours, dissymétriques, qui ne faisaient qu'ajouter au charme de cette église. Rentrant dans le lieu de culte il se dirigea immédiatement vers la chapelle des Saints-Anges, dont les peintures par Delacroix jouissaient d'une réputation mondiale. Ben n'était pas peintre amateur pour rien, et sut apprécier en connaisseur le dessin et les couleurs de ces deux compositions, qui comptaient parmi les plus réussies du plus grand peintre du mouvement romantique.

Ben aimait Paris, cette ville à l'unité architecturale si particulière, où tous les styles et toutes les époques se fondaient en un ensemble harmonieux. Ses quartiers de prédilection, outre Montmartre, étaient le faubourg Poissonnière et le faubourg Saint-Antoine. Dans le faubourg Poissonnière, il retrouvait un peu l'atmosphère du Marais, mais en plus bourdonnant. Ici aussi la plupart des artisans étaient juifs, et ils s'adonnaient majoritairement à la pelleterie. Ici aussi les ateliers avaient investi de belles demeures du temps passé, pour la plupart édifiées par de prospères financiers à la fin du XVIIIe siècle. Quelle différence avec l'aristocratique faubourg Saint-Germain ! Ici la vie, bruyante et communicative, débordait de chaque porte cochère, jaillissait de chaque établi. Et Ben se disait avec plaisir que, dans chaque grande ville du monde, la présence de la communauté juive jetait un pont entre les peuples et entre les cultures.

Le faubourg Saint-Antoine était devenu pour Ben et Mauricette un lieu de pèlerinage, ou tout comme. Longuement, avec force détails, la jeune femme avait expliqué à son amoureux qu'on était là au cœur du Paris révolutionnaire. En 1789, en 1830, en 1848, en 1870, chaque fois que Paris s'était soulevé, avait brandi l'étendard de la liberté pour lutter contre toutes les formes d'oppression, c'est d'ici que le mouvement était parti. Les artisans du meuble, qui peuplaient le quartier depuis le XVIIe siècle, n'étaient pas du genre à se laisser faire, même par des rois sûrs de leur pouvoir. C'est dans ce quartier que s'élevait la Bastille, sombre forteresse qui servait de prison, et dont la prise par les Parisiens avait donné le signal de la grande révolution dont la République était fille. Femme du peuple et fière de l'être, Mauricette s'enflammait quand elle racontait les journées de juillet, l'odeur de la poudre, et finalement la victoire contre la tyrannie.

Pendant leurs longues promenades dans la capitale, en ces jours d'euphorie, ils entendaient souvent des passants dire : « Il n'y aura plus jamais de guerre. C'est la der des der. » Comment Ben aurait-il pu expliquer à Mauricette que sa guerre à lui durait depuis déjà cinq mille ans, depuis la dispersion du peuple juif, la *diaspora* ? Que les Juifs en avaient assez de dire rituellement « l'an prochain à Jérusalem » ? Et que le mouvement sioniste avait justement pour but de transformer ce vœu pieux en réalité ? Ben savait que la guerre qu'il menait venait d'entrer dans une phase cruciale. En ces moments où le monde entier célébrait la fin d'un conflit sanglant, il nourrissait un autre rêve. Celui d'être présent, à Tel Aviv ou à Jérusalem, le jour de l'indépendance de l'État d'Israël, le jour où le drapeau aux couleurs de la maison de David flotterait sur la Palestine.

Chapitre 4

Si, à Paris, Ben et Mauricette filaient le parfait amour, à New York en revanche Jérémy demeurait la proie d'un huis-clos familial beaucoup moins propice à son épanouissement. Non, sa mère, Rachel, n'avait pas eu d'attaque cardiaque quand son mari Alberto lui annonça le départ imminent de leur fils pour l'Europe. Non, Rachel n'avait pas joué les *mater dolorosa* éplorées, et avait respecté le choix de son fils, choix qui plus est approuvé par le *pater familias*, chef incontesté du groupe très soudé que formait leur famille. Et c'est de sa sœur Deborah que surgirent les plaintes les plus courroucées, en d'autres termes de la personne de la famille dont Jérémy se serait le moins attendu à ce type de réaction. Entre reproches et taquineries, Deborah savait naviguer au mieux de ses intérêts dans la psychologie tortueuse de son frère, et connaissait bien, trop bien, les défauts d'une cuirasse que Jérémy voulait pourtant invulnérable.

Jérémy avait beau plaisanter en lui disant qu'il lui enverrait des cartes postales de Paris, qu'elle pourrait même lui rendre visite à l'occasion dans la « Ville lumière », Deborah répondait du tac au tac qu'elle en avait assez de travailler à sa place dans l'usine textile familiale, et qu'il serait temps pour lui de s'investir un peu plus dans l'affaire qui les faisait vivre. Elle ajoutait qu'elle était parfaitement heureuse de s'adonner à ce type d'activité, et que visiblement Jérémy n'avait pas besoin de gagner sa vie. Ce qui était vrai en quelque sorte, puisque Jérémy continuait à toucher sa solde de capitaine, qu'il devait percevoir pendant presque un an encore. Mais, comme toujours dans la fratrie Jackson, ces chamailleries complices se terminèrent par des embrassades. C'est donc le cœur léger, et dans une atmosphère familiale réconciliée et détendue, que Jérémy largua les amarres pour retourner sur le Vieux Continent.

Il embarqua sur un cargo qui transportait du matériel pour les troupes américaines stationnées en Europe, cargo commandé par un vrai baroudeur, le capitaine Schmidt. Ce dernier, authentique loup de mer, avait servi pendant la guerre dans la flotte américaine du Pacifique, et, parmi tous ses passagers, s'était pris d'amitié pour Jérémy, dont il appréciait à la fois les états de service élogieux et l'humilité non feinte du jeune officier à leur propos. Pendant le voyage les deux hommes prirent plaisir à se raconter « leur » guerre, Jérémy sur le sol italien et le capitaine Schmidt à Guadalcanal. Si bien que lors de leur arrivée à Cherbourg ils étaient devenus les meilleurs amis du monde, et que Jérémy lui donna le numéro de téléphone de Ben, sachant que son compagnon de traversée devait passer quelques jours à Paris pendant son escale sur les côtes françaises. Ce faisant, Jérémy n'était pas dénué d'arrière-pensées. Une idée lui trottait dans la tête depuis son départ d'Amérique, idée qui, peu à peu, avait fait son chemin.

Dès son arrivée dans la capitale, Jérémy retrouva Ben, qui était venu le chercher à la gare et l'avait accueilli comme le frère qu'il était presque. Et il était dit que leur premier souvenir parisien commun serait un déjeuner mémorable, pris place de l'Odéon, dans un restaurant renommé pour ses poissons. Comme si Jérémy n'en avait pas vu assez entre New York et Cherbourg ! Après le déjeuner Ben commença à familiariser sa nouvelle recrue avec « l'équipe », c'est-à-dire tous ceux qui travaillaient, à des degrés divers de clandestinité, au projet dont Ben Gourion lui avait confié la réalisation.

Le premier membre de l'équipe dont Jérémy fit la connaissance était Roger, au type viking affirmé, blond aux yeux bleus, sympathique play-boy d'une vingtaine d'années, facétieux et volubile, en bref absolument insoupçonnable de participer à une mission secrète. Il avait installé dans une chambre de bonne que lui prêtait un ami un poste émetteur de forte puissance, dont il connaissait parfaitement le fonctionnement et qu'il maniait avec la dextérité d'un « artiste », pour employer l'expression de Ben. Qui plus est Roger était un grand amateur de jazz, ce qui n'était pas pour déplaire à Ben et à Jérémy.

Ce dernier passa donc ses premiers jours parisiens à visiter la capitale française, guidé par Ben et Roger, qui lui montraient la ville sous toutes ses facettes : les monuments et les petits bistros, les musées et les caves de Saint-Germain, les jardins où se reposer et les magasins où se fournir. Pendant leurs escapades le poste émetteur était confié à la garde de deux jeunes filles tout juste débarquées de Ein Harod, qui avaient le double avantage de ne pas parler un mot de français et de maîtriser parfaitement le fonctionnement de l'appareil. Leur mission consistait essentiellement à recevoir et à transmettre tous les messages ayant trait à l'organisation de la filière clandestine d'immigration montée par Ben, filière qui devait assurer le passage en Palestine des dizaines de milliers de Juifs rescapés des camps.

Ben et Jérémy découvraient la jeunesse française avec étonnement, fascinés par les « zazous », comme on les appelait, ces jeunes qui voulaient s'affranchir des contraintes d'une vie conventionnelle, et par les jeunes filles « existentialistes » qui hantaient les terrasses du Flore et des Deux-Magots, avant de terminer la nuit dans les boîtes de la rue Saint-Benoît toute proche. Cet étonnement était mêlé d'une certaine indulgence pour le caractère pour le moins égocentrique des préoccupations de ces jeunes gens, que Ben et Jérémy mettaient sur le compte de quatre années d'occupation. Après tout, les deux agents secrets étaient-ils aussi sûrs que cela de savoir où ils en étaient eux-mêmes, avec leur guerre de cinq mille ans qui succédait à une guerre de cinq ans ?

Ben avait également présenté Mauricette à Jérémy, lui recommandant de manière pressante de la laisser à l'écart de leurs activités, que la jeune femme ignorait toujours. Jérémy en était là de sa vie parisienne, pour l'instant uniquement absorbée par la recherche du plaisir, lorsqu'un soir il reçut un message de Shaül Arigour, le chef du réseau d'émigration clandestine. Ce dernier leur apprit, d'un air paniqué, que huit cents candidats à l'immigration étaient bloqués à Marseille, où un incident de dernière minute avait annulé leur départ.

Dûment munis de vrais faux passeports, obtenus grâce à la complicité du chef de cabinet du ministre de l'Intérieur, ils avaient déjà fait tout le trajet entre l'Allemagne et le port méditerranéen. Simplement, comme aux heures les plus noires de l'Occupation, comme lorsque de prétendus passeurs vendaient leurs clients juifs aux nazis, le transporteur qui devait assurer la traversée avait disparu après avoir empoché l'argent, laissant ses passagers dans le désarroi le plus complet. Shaül Arigour conclut son exposé de la situation en disant à Ben et Jérémy qu'il avait exactement quarante-huit heures pour trouver une solution, et eux avec lui.

Alors Jérémy repensa à l'idée qui avait germé dans son esprit lors de sa traversée de l'Atlantique. Tout alla très vite dans sa tête, et il ne put s'empêcher de penser à l'une des maximes favorites de son père : « Il n'y a pas de problème sans solution. » Étonné par sa propre hardiesse, lui qui venait tout juste d'être « recruté », il s'entendit répondre à Arigour :

– J'ai peut-être l'homme et le bateau qu'il nous faut. L'homme est un ami sûr, qui reste huit jours en rade de Cherbourg avec son bâtiment. Je peux partir sur-le-champ négocier ce contrat et, en tout cas, voir ce que nous pouvons faire pour tirer de ce mauvais pas vos huit cents passagers.

Pragmatique, Arigour demanda à Jérémy s'il avait une idée du prix que demanderait son ami marin. Mais c'est Ben qui répondit.

– Dis-moi Jérémy, ton loup de mer, comme tous les marins, il aime les femmes ! On pourrait le faire venir à Paris pour une journée, et le mettre entre les mains de Mauricette et de son amie Yvonne. Non seulement ça peut marcher, mais je suis sûr que ton ami nous en gardera une reconnaissance éternelle…

Ben connaissait assez bien désormais Mauricette et sa meilleure amie, Yvonne, pour savoir de manière certaine que les deux jeunes femmes étaient toutes disposées à lui rendre ce genre de « petits services ». Non pas qu'avec elles on avait affaire à des femmes vénales à proprement parler. Mais enfin, sous le sceau du secret, Mauricette avait confié à Ben qu'à plusieurs reprises, pendant la guerre et après la Libération, il lui était arrivé « d'arrondir ses fins de mois » en se montrant complaisante avec des hommes favorisés par la fortune. Car son métier, aide-soignante dans un hôpital, n'était pas très rémunérateur…

Shaül réfléchissait, ingurgitant tasse de thé sur tasse de thé, signe chez lui d'un profond embarras. Il connaissait parfaitement les états de service des deux jeunes gens, leur efficacité, leur fiabilité. N'était-ce pas avant tout pour ces deux qualités qu'ils avaient été recrutés ? Pour l'instant, calé dans son fauteuil, il toisait Ben et Jérémy de son regard d'aigle, à l'affût de la moindre faille dans leur détermination.

Il avait pour habitude de ne jamais faire confiance, jamais, et à personne. Même à ceux à qui le liait pourtant une cause commune, une cause qui était sacrée pour tous ceux qui se trouvaient dans cette pièce à cet instant.

Après avoir mûrement réfléchi, il se leva, se dirigea vers un coffre-fort dissimulé dans le fond d'une vieille armoire et en sortit dix mille dollars en grosses coupures, qu'il tendit à Ben. « Voilà pour vos frais de route. Je ne dépasserai pas la somme de cinq cents dollars par passager. Votre capitaine devra se contenter de ce premier acompte. Il recevra dix mille dollars de plus lors de l'embarquement, et une dernière fois la même somme lorsque sa "cargaison" sera arrivée à bon port. Soyez très prudents. On ne sait jamais comment ce genre d'affaire peut tourner. Le navire n'est probablement pas équipé pour ce type de "croisière" mais, croyez-moi, les passagers ont connu bien pire. Ne me décevez pas. Je vous donne carte blanche pour régler tout cela au mieux. Tenez-moi régulièrement informé de la tournure que prennent les événements. Une voiture vous attend en bas de l'immeuble. Vous partez immédiatement. »

Voyageant pendant la nuit dans une fastueuse « prise de guerre », une limousine Maybach récupérée après la débâcle de l'armée allemande, Ben et Jérémy atteignirent Cherbourg aux premières lueurs du jour. Filant directement vers le port, ils trouvèrent sans difficulté le *Spring of the World*, le navire battant pavillon américain que Jérémy avait quitté quelques jours auparavant. Il est vrai qu'avec ses cinquante mètres de long et ses cheminées hautes de trois mètres, le bâtiment ne passait pas inaperçu sur les quais du port normand. Quelques mots rapides échangés avec le marin de service, et les deux jeunes gens pénétraient dans la cabine du capitaine Schmidt.

Jérémy présenta Ben au vieux baroudeur, pas fâché de revoir aussi rapidement l'ami qu'il s'était fait il y a peu.

Pendant ces chaleureuses retrouvailles, Ben en profite pour « photographier » celui qui leur permettra peut-être de réussir leur mission. Un mètre quatre-vingt-dix, une bonne quarantaine d'années, un sourire carnassier qui fait pétiller des yeux gris foncé, et la peau aussi burinée que doit l'être celle d'un marin. Une constitution tout en muscles, une vraie force de la nature, aux cheveux poivre et sel coiffés d'une casquette à brandebourg, usée juste ce qu'il faut pour donner au bonhomme un cachet d'authenticité qui inspire tout de suite confiance. La conversation ne s'engage pas tout d'abord sur l'objet de leur visite. Un peu par calcul, un peu par courtoisie, on commence par parler de tout et de rien, par échanger des banalités qui, au fil de la conversation, permettent à Ben et à Jérémy d'en savoir plus sur les projets du capitaine sans pour autant se découvrir.

Et c'est seulement au bout de deux heures de ces échanges que Jérémy entre dans le vif du sujet. En guise d'entrée en matière, il rappelle au capitaine Schmidt qui sont les commanditaires de sa récente traversée. Ce faisant il n'apprend rien au marin, qui travaille depuis longtemps pour Tony Zampelli. Pourtant le loup de mer joue la surprise et l'ignorance. Il croit s'en tirer en disant à Jérémy que peu lui importe l'identité de celui qui a payé son voyage en Europe. L'important pour lui est que ce voyage a été payé rubis sur l'ongle. C'est alors que Jérémy dégaine sa botte secrète, posant sur la table d'un geste décidé la liasse de billets de cent dollars.

– Dix mille dollars, ça vous tente ?

– Demande à un aveugle s'il veut voir clair !

C'est qu'Aaron Schmidt n'a pas l'habitude de voir autant d'argent. Ses commanditaires habituels se font toujours tirer l'oreille pour le régler, qui plus est jamais en cash. Alors voir là, à portée de main, dix mille dollars, bien sûr que ça le met de bonne humeur, le capitaine Schmidt !

– Je ne sais pas ce que vous attendez de moi mais, pour ce prix-là, je suis prêt à faire pas mal de choses ! On peut dire que vous avez des arguments très convaincants…

Jérémy, pas peu fier de son effet, « affranchit » alors le capitaine. Il lui explique très précisément ce qu'il doit faire s'il veut garder cette somme, et toucher le double en cas de réussite de la mission. Ben, lui, insiste sur le peu de temps dont il dispose : deux jours, pas un de plus, pour préparer son navire. Il se charge de lui faire livrer tout ce qui est nécessaire pour assurer l'intendance. Deux jours encore pour rallier Marseille. Et enfin deux autres jours pour atteindre les côtes de la Palestine, en un point que Ben et Jérémy ne lui dévoileront qu'à la dernière minute.

Sentant l'urgence dans laquelle se trouvent les deux jeunes gens, le capitaine Schmidt essaye alors de pousser son avantage. Il doit livrer cinquante mille caisses de champagne à New York, qu'il a déjà embarquées. Désolé, mais il ne peut pas. Pourtant, il aurait vraiment aimé leur faire plaisir. Peut-être qu'en lui accordant un délai supplémentaire, ou en augmentant un peu le prix de ce service, qui sait… Mais Jérémy n'était prêt ni à lui accorder un délai supplémentaire, ni à augmenter le prix du service, qu'il trouvait déjà suffisamment rémunéré, et même au-delà.

– Vos marchandises, vous pouvez les stocker dans un entrepôt, et les récupérer à votre retour. Nous paierons pour ça. Mais surtout, je suis sûr que Tony Zampelli saura se montrer reconnaissant envers vous si vous savez faire le bon choix, si vous savez où se trouvent vos véritables intérêts. Quant à la prime pour votre second et votre équipage, c'est OK. Vous pouvez considérer que c'est fait, et vous toucherez vingt mille dollars à la livraison, au lieu de dix mille. Pour ce prix-là vous pourrez remplacer votre vieux machin par un navire flambant neuf, sorti des meilleurs chantiers navals britanniques. C'est l'affaire de l'année ! En plus pour ce prix-là je t'emmène faire la fête à Paris. Dis à ton second de mettre le navire en état pendant ton absence. Ça marche ?

Pour sûr que ça marchait. Le capitaine Schmidt n'était pas idiot, et n'aurait pour rien au monde voulu laisser passer l'occasion de gagner en quelques jours ce qu'il gagnait ordinairement en quelques années. Sa femme et ses enfants pourraient enfin emménager dans cette maison de Newark, dans le New Jersey, qu'ils avaient repérée lors d'une promenade. Une grande maison en bois, peinte en blanc, au milieu d'un parc planté d'érables et de tulipiers. Une maison qui ferait mourir de jalousie les amies de sa femme, des pimbêches obsédées par le statut social, qui ne manquaient jamais une occasion de se moquer d'elle pendant leurs parties de bridge. Alors le capitaine donna toutes les instructions nécessaires à M. Ronald, son second, pour qu'en deux jours le bateau soit fin prêt à accueillir huit cents passagers, fallut-il pour cela installer des châlits superposés depuis la cale jusqu'au pont. La liasse de billets que le loup de mer avait mis dans la main de son second, il le savait, décuplerait sa motivation. Et M. Ronald avait obtempéré. Ce n'était pas tous les jours qu'il recevait un an de salaire en guise de pourboire !

Quelques instants après la conclusion de leur marché, les trois hommes étaient confortablement installés dans la limousine prêtée par Arigour, roulant vers Paris à vive allure. C'est Jérémy qui conduisait. Il n'avait pas l'habitude des voitures allemandes : son expérience se limitait aux américaines aux chromes scintillants, véritables chars d'assaut, moins racées cependant que les véhicules européens, à la conduite plus sportive. Ils prirent à peine le temps de déjeuner dans une auberge et arrivèrent à Paris vers dix-sept heures, se rendant immédiatement dans ce qui tenait lieu de bureau au chef du Mossad, que Ben avait pu joindre par téléphone pour le tenir au courant de la situation. Shaül

Arigour les attendait, et les accueillit avec le sourire. Il est vrai qu'il avait toutes les raisons d'être satisfait. Ses deux jeunes protégés s'étaient sortis d'une situation inextricable de main de maître, lui permettant au passage d'accroître encore son influence sur Ben Gourion, dans la guerre interne qui ravageait les services secrets sionistes.

Il souhaita donc la bienvenue au capitaine Schmidt, régla avec lui les derniers détails, et le recommanda aux soins éclairés de Ben et Jérémy, qui lui avaient discrètement fait part de leurs projets avec Mauricette et Yvonne. Arigour en avait profité pour glisser un appareil photo entre les mains de Ben, lui conseillant de garder quelques souvenirs sur pellicule des nuits parisiennes du capitaine Schmidt. Ben avait obtempéré, bien que désapprouvant le procédé. Il avait néanmoins été sensible aux arguments de son chef, qui pensait que dans ce genre d'affaire on n'est jamais trop prudent et puis, qui sait, si le matelot devait manquer à ses engagements, sa femme serait sans nul doute heureuse d'apprendre à quoi son marin au long cours de mari passait ses nuits à Paris.

Ce soir-là Mauricette et Yvonne sortirent le grand jeu et, après un dîner bien arrosé qui avait mis en train le capitaine, avaient mobilisé toutes les ressources de leur talent. Elles s'amusaient beaucoup de cette situation, sans en connaître cependant les enjeux, et le moins que l'on puisse dire est que le marin en bordée sut se montrer à la hauteur. Aux moments les plus propices, Ben prenait quelques clichés, au hasard de son inspiration de photographe improvisé. Ces ébats se déroulaient dans la suite occupée par Ben au Royal Monceau, en l'absence de Jérémy qui attendait au bar, vaguement inquiet devant le nombre de bouteilles de champagne qu'on montait dans la chambre de son ami. Il désapprouvait le procédé encore plus vigoureusement que Ben, et ce d'autant plus qu'il considérait le capitaine Schmidt comme un ami, un vrai, un sur lequel on peut compter en cas de coup dur.

Et, pendant qu'il attendait, Jérémy ne pouvait pas s'empêcher de réfléchir à ce rôle de maître chanteur qu'on lui faisait jouer malgré lui. C'est sûr, il faudrait en parler à Ben quand il descendrait, mission accomplie, pour lui confier le rouleau de pellicules à développer. Il comprend d'autant moins ces manœuvres que le capitaine Schmidt a donné son accord ferme et définitif, et qu'il sait très bien ce qu'il lui en coûterait si jamais il venait à manquer à sa parole. Inversement, Jérémy était loin d'être certain que Tony Zampelli apprécierait l'emploi de tels moyens s'il l'apprenait, et il était certain qu'il l'apprendrait, et très vite : le « clan des Siciliens » que formaient certains amis de son père était très chatouilleux sur les affaires d'honneur, et ne plaisantait pas avec l'institution familiale. Quelle sera leur réaction quand ils sauront que le fils Jackson a menacé l'un de leurs collaborateurs les plus fiables de briser son foyer ?

C'est sur ces entrefaites que Ben réapparut, descendant quatre à quatre les marches du grand escalier de l'hôtel, un sourire de triomphe sur le visage. Il eut à peine le temps de brandir l'appareil photo comme un trophée que Jérémy lui fit part de son désaccord. De son côté Ben était parfaitement conscient qu'il lui fallait ménager son ami, ne serait-ce que parce que c'était lui qui avait apporté, toute prête, la solution au problème qui avait fait perdre son sommeil à Shaül Arigour. Après quelques échanges un peu vifs sur les impératifs d'efficacité de leur mission, Ben et Jérémy parvinrent à un accord qui semblait régler définitivement ce problème épineux. Ben donnerait les photos et les négatifs à Jérémy, qui les montrerait au capitaine Schmidt afin de bien lui faire comprendre qu'il ne devait pas les doubler. Jérémy, en signe de confiance, remettrait alors l'ensemble, photos et négatifs, au marin au long cours.

D'après l'analyse de Ben, le capitaine ne pouvait avoir que deux réactions : soit s'étouffer d'indignation, en les maudissant, soit leur être dévoué corps et âme pour le restant de ses jours.

Les quelques heures que passa seul Jérémy en attendant Ben, parti rendre compte de sa mission au chef parisien du Mossad, comptèrent parmi les plus longues de sa courte existence. Il accueillit son ami froidement à son retour, le complimentant de façon sarcastique sur ses talents de photographe. Il pourrait toujours se reconvertir dans le porno si jamais leur mission échouait ! Le plus dur restait à faire cependant. Avoir un entretien en tête-à-tête avec le capitaine Schmidt, et lui remettre les photos et les négatifs sans le braquer. De toute façon, Jérémy en était sûr, Shaül Arigour devait avoir conservé des doubles des photos, ne serait-ce que pour ses archives. Même s'il n'avait pas l'intention de s'en servir, cela rendait encore plus pénible la démarche de Jérémy, qui savait pertinemment mentir lorsqu'il dirait au marin qu'aucune autre trace de ces photos n'existait. Enfin Jérémy comptait surtout sur l'intelligence et le réalisme d'Arigour, qui savait mieux que personne que leur cause ne pouvait pas se passer du soutien de leurs « banquiers d'Amérique ».

C'est au bar de l'hôtel, sur le coup de dix heures du matin, que le capitaine Schmidt retrouva Jérémy. Heureux, épanoui, reposé, le marin salua chaleureusement son jeune ami, dont il ne comprenait pas l'air embarrassé. Pour le mettre à l'aise, et aussi pour le remercier du « service » qu'il lui avait rendu en la personne d'Yvonne, il lui proposa de le tutoyer, ce que Jérémy n'avait jamais osé faire jusque-là. Et c'est d'une voix blême que ce dernier demanda au capitaine :

– Tu es satisfait, tu as pris du bon temps ? Pendant que tu t'amusais avec Yvonne sache que, moi, j'arrangeais tes affaires.

L'homme de mer, qui venait à peine de se réveiller, ne comprenait pas, mais alors pas du tout, où voulait en venir Jérémy, qui reprit :

– Oui… c'est que… pendant tes exploits, il se trouve que quelqu'un de très indiscret, de très indélicat même… t'a filmé. Il ne faudrait pas que ta femme tombe sur ces clichés. Regarde…

Jérémy avait étalé les photos sur la table pendant qu'il parlait. Interloqué, le capitaine Schmidt avait du mal à croire qu'il s'agissait de lui :

– Quoi, c'est moi, ce type ?

Puis, après un temps de réflexion, il retrouva ses esprits.

– Je ne comprends rien à tes histoires. D'ailleurs où est le problème puisque j'ai donné mon accord à votre projet, qui est devenu le nôtre désormais. Sache encore une chose : c'est que votre combat, c'est aussi le mien !

C'était maintenant au tour de Jérémy de ne plus comprendre.

– Que veux-tu dire par là ? Explique-toi un peu mieux. C'est juif, Schmidt, comme nom ?

Le capitaine avait la repartie facile :

– Et Jackson, c'est juif peut-être ! Puisque tu sembles vouloir tout savoir sur moi, je vais te raconter, en résumé, l'histoire de ma famille. Mes parents sont nés en Pologne, dans un *shtetl* de Galicie où mon grand-père paternel était rabbin, et mon grand-père maternel tailleur. À la fin du siècle dernier mes parents, dégoûtés des pogroms et de l'antisémitisme atavique des Polonais, ont décidé d'émigrer en Amérique, la terre de la liberté, où les fils d'Israël peuvent vivre en paix. Quand ils sont arrivés à Staten Island, quittant le cargo qu'ils avaient pris à Dantzig, et qu'ils ont vu la statue de la Liberté, ils comprirent que cette terre était faite pour eux. Mais l'officier du service d'immigration, un Irlandais au teint rougeaud à force d'abuser de la Guinness, n'était pas forcément du même avis. Aussi, quand mon père déclina son identité, Schmuyl Szapiro, le fonctionnaire, qui ne comprenait rien et qui n'avait pas de temps à perdre, a écrit sur le titre de séjour de mon père « Schmidt », nom dont la consonance lui semblait la plus rapprochée de « Schmuyl ». Tu vois, c'est aussi simple que ça.

Jérémy comprit alors qu'il avait fait fausse route. D'autant plus que, à propos des photos, le capitaine Schmidt, la première surprise passée, avait éclaté de rire :

– Si tu crois pouvoir me faire chanter avec ça ! Ma femme ne sort pas du bal des débutantes, et sait très bien à quoi s'en tenir sur mes infidélités. Les clichés sont assez réussis, mais je les aurais préférés en couleur. Tu vois, vous avez tout faux. J'espère au moins que j'aurai droit à douze exemplaires de chaque sans supplément de prix. J'insiste pour que cette clause figure dans notre contrat !

Piteux, Jérémy jugea plus sage de garder pour lui le discours qu'il avait préparé à l'intention du capitaine, discours qui brodait sur le thème de la reconnaissance éternelle que lui devait le loup de mer pour lui avoir rendu clichés et négatifs. Le capitaine Schmidt déchira les photos en petits morceaux, donna une tape dans le dos de Jérémy et lui dit :

– Sans rancune. Oublions tout ça. Mais sache que quand je donne ma parole, c'est mieux qu'un contrat signé.

Après un rapide passage chez Arigour, pour prendre les dernières instructions, régler les détails financiers de l'opération et lui apprendre que le « capitaine Schmuyl » était des leurs, Schmidt et Jérémy partirent chacun de leur côté, le capitaine pour Cherbourg, et Jérémy pour Marseille, où il devait attendre l'arrivée du *Spring of the World*. À bord, le navigateur au long cours put constater l'efficacité de son second. Tout était prêt en effet, et conforme en tout point aux ordres qu'il avait donnés. Il était convenu qu'une fois arrivé à Marseille, le capitaine prendrait à son bord Jérémy qui, pour ce premier voyage, devait l'accompagner : consigne expresse du chef du Mossad.

À Ein Harod la radio avait parfaitement joué son rôle, et Andreï et Myriam avaient été prévenus de l'arrivée imminente sur les côtes de Galilée de huit cents rescapés des camps. À Marseille tout se passa pour le mieux, et le capitaine et Jérémy entamèrent le voyage dans l'allégresse, blaguant sans cesse entre eux et avec l'équipage, au point que même les passagers partageaient la bonne humeur générale.

Chapitre 5

Après avoir doublé le Cap Corse, longé les côtes de la Sardaigne et franchi le détroit de Messine, le *Spring of the World* avait atteint la Méditerranée orientale. C'est dans cette partie du voyage que les obstacles risquaient d'être les plus nombreux. Jusqu'alors le bateau n'avait été arraisonné que par quelques vedettes garde-côtes des douanes italiennes, à la recherche de trafiquants de cigarettes. Déjà, au large de la Sicile, le navire avait échappé de justesse à une patrouille navale anglaise, venue de Malte, et qui recherchait tout autre chose que du tabac de contrebande : des immigrants juifs se rendant clandestinement en Palestine.

Le capitaine Schmidt, motivé par sa « paye » d'un montant inhabituel, se disait qu'en plus de la maison de Newark il pourrait acquérir, au bout de deux ou trois voyages, un pied-à-terre en Floride, dans les Everglades : il avait toujours rêvé d'une retraite au soleil. Jérémy quant à lui ne quittait presque pas son poste émetteur. Il se sentait enfin utile, après un intermède parisien qui s'était révélé être un séjour d'agrément, plutôt qu'une mission dangereuse. Pourtant une angoisse sourde le tenaillait.

Il allait enfin voir cette Terre promise dont il parlait tant, et dont on lui avait tant parlé, depuis son plus jeune âge. Contrairement à Ben, il ne connaissait pas cette vallée de lait et de miel, dont l'évocation soudait un peuple éparpillé aux quatre coins du monde et qui rêvait depuis plusieurs millénaires de la retrouver. Cette terre, il savait que son père l'avait quittée sans regret. Pourtant Alberto en parlait toujours avec nostalgie.

À bord Jérémy avait lié connaissance avec certains rescapés. Effrayants de maigreur, mais avec dans les yeux la lueur de ceux qui ne désespèrent jamais, les passagers s'étaient vite habitués à leur hôtel flottant. L'air du large leur donnait des couleurs, et la perspective d'arriver bientôt en Palestine les galvanisait. Toute leur énergie était tendue vers ce but, d'autant plus chèrement payé que beaucoup d'entre eux avaient perdu dans les camps toute leur famille. Alors commencer une nouvelle vie sur la terre de leurs ancêtres, dans un pays où ils seraient les maîtres, et non plus les éternels persécutés, oui, voilà une perspective qui leur souriait.

Certains pleuraient de joie à l'avance, encore incrédules sur la réalisation de leur projet. Passer presque sans transition de l'enfer à la terre d'Israël, c'était bien le signe que Dieu n'avait pas abandonné le Peuple élu. Parmi les passagers se trouvaient des Allemands, des Russes, des Polonais, des Français, des Belges, des Danois et des Néerlandais. Cette véritable tour de Babel communiquait dans le seul idiome qui leur fût commun, le yiddish.

Pendant la traversée, les passagers parlaient, parlaient, de tout et de rien, mais surtout de leurs projets. Une fois arrivés en Palestine, une nouvelle vie s'ouvrirait à eux, une vie qui, ils en étaient sûrs, verrait se concrétiser tous leurs rêves. Car chacun d'entre eux s'était assigné des objectifs extrêmement précis, à la mesure du changement radical d'existence que constituait pour eux leur émigration. Tous les passagers avaient déjà en tête le métier qu'ils exerceraient une fois débarqués, leur lieu de résidence, leur genre de vie, un foyer familial à fonder, à faire prospérer et à défendre.

Certains étaient attirés par le désert de Judée, contrée aride et inhospitalière, mais qui n'attendait qu'à être fertilisée par l'énergie des nouveaux arrivants. Alors ces passagers se voyaient déjà travaillant dans un kibboutz, produisant assez de denrées pour faire vivre leurs frères des villes avec ce qu'ils auront réussi à faire pousser, à arracher à cette terre ingrate, qu'ils se juraient bien de rendre généreuse, à la mesure des efforts qu'ils déploieraient. Et ils n'étaient pas en reste de courage et de détermination, ces gaillards qui n'avaient peur de rien, surtout après ce qu'ils avaient vécu. Pouvait-on d'ailleurs imaginer pire que l'expérience qui avait été la leur ?

D'autres passagers, peu sensibles à la poésie du désert, souhaitaient s'installer en ville. En la matière les opinions étaient assez tranchées, et séparaient en deux camps les adeptes de la vie citadine. Dans le premier groupe, ceux que Jérémy appelaient les « traditionalistes », Jérusalem emportait tous les suffrages. Ceux-là voulaient vivre dans cette ville historique entre toutes, ville trois fois sainte, convoitée par les trois religions monothéistes et cœur battant du judaïsme mondial. Pour ceux-là, s'il était une ville qui résumait à elle seule, qui récapitulait toutes les raisons d'être du sionisme, c'était Jérusalem, et nulle autre.

Elle seule offrait les trésors de spiritualité qu'on chercherait vainement ailleurs, elle seule permettait de mettre en pratique ce projet insensé de cohabitation fraternelle avec les Arabes. Arabes qui, dans la vieille ville de Jérusalem, étaient majoritairement chrétiens. La proximité des lieux saints juifs, chrétiens et musulmans, ils en étaient sûrs, saurait les inspirer dans leur nouvelle vie, et saurait leur indiquer le bon choix. Jérusalem si je t'oublie… Cette ville, ils la voulaient comme capitale de leur futur État, afin de démontrer au monde, au monde tout entier, que la destruction du Temple de Salomon n'avait rien changé : des Juifs étaient de retour sur leur terre, bien décidés à y rester, et à ne pas s'en laisser conter. Oui, une page était tournée, et c'en était fini du temps où leur peuple errait de par le monde.

Dans le deuxième groupe, ceux que Jérémy avait surnommés les « fonctionnalistes », c'est Tel Aviv qui faisait l'unanimité. Une ville moderne, née avec le sionisme ou peu s'en faut, et qui portait en elle toutes les promesses de la modernité. Une ville à l'urbanisme novateur, qui témoignait de la capacité du peuple juif à créer *ex nihilo* une cité répondant aux critères les plus audacieux d'urbanisme, îlot avant-gardiste séparé de Jaffa par un jet de pierre. Jaffa, la ville arabe, et qui semblait vouloir le rester, dont le bâti très dense ne permettait pas les expériences architecturales que seul l'espace permettait à sa voisine juive, en perpétuelle recherche : de formes, d'habitat, d'équipements collectifs, de modes de vie différents unis par une seule et même aspiration : faire advenir une nouvelle vie sur la terre de Sion.

Quant aux professions auxquelles se destinaient les émigrants, tous les corps de métier étaient représentés. Les nombreux professeurs d'université que comptaient les passagers étaient impatients de mettre leur savoir et leur expérience au service d'une jeune nation, qui avait besoin de former des cadres en un temps record. Les professions libérales, médecins et avocats en tête, se promettaient bien d'ouvrir très rapidement leur cabinet sur la terre d'Israël, imaginant à l'avance ce que serait leur nouvelle vie au soleil de la Méditerranée. Les tailleurs étaient absorbés par l'aménagement de leur atelier, qu'ils imaginaient équipés des machines à coudre les plus perfectionnées. Pour sûr, leur nouvelle clientèle ne serait pas déçue par leur coup de main, inégalable pour transformer en un temps record une simple chute de tissu en un vêtement des plus élégants.

Le voyage commençait à tourner à la croisière lorsque, en vue de Chypre, un navire de guerre anglais arraisonna le *Spring of the World.* Deux officiers montèrent à bord, accueillis par le capitaine Schmidt. Ce dernier redoutait cette entrevue, même s'il savait que tous les passagers avaient des visas en règle, bien que faux : c'était là le miracle accompli par les « vrais-faux » papiers aimablement fournis par le ministère de l'Intérieur de la République Française. Pas fâché de jouer un sale tour à la perfide Albion, le capitaine Schmidt ! Les militaires britanniques demandèrent à consulter le livre de bord. Ils prirent note du point de départ du navire, Marseille.

Ils examinèrent avec un soin maniaque les visas britanniques parfaitement imités, un peu trop parfaitement peut-être. Ne pouvant rien reprocher au capitaine ni à ses passagers, ils durent cependant s'avouer vaincus. Les Anglais n'étaient pas dupes, mais ils avaient trouvé plus fort qu'eux. De guerre lasse, ils quittèrent le bord pour regagner leur frégate, se jurant bien de redoubler de vigilance à l'avenir. Surtout pour les embarcations de ce type, affrétées pour transporter des marchandises, mais convoyant des centaines de passagers.

Sur le pont du *Spring of the World*, la liesse succédait à une angoisse mortelle. Jérémy avait failli s'évanouir, et le capitaine Schmidt avait dû lui dire d'aller se reposer dans sa cabine, à l'abri des regards anglais. Sitôt les officiers partis, Jérémy rejoignit le commandant de bord. Retenant son souffle, il demanda au capitaine :

– Qu'aurions-nous fait s'ils ne nous avaient pas laissé poursuivre notre chemin ?

Le digne fils de Shmuyl Szapiro lui répondit :

– Je vais te dire la vérité. Ils nous ont laissé partir parce qu'ils n'étaient pas assez nombreux pour faire autrement. Simple rapport de force. C'est tout. Maintenant c'est à nous de faire vite. Nous ne sommes plus qu'à quelques heures des côtes de Palestine. Nous devons y débarquer notre « cargaison » au plus vite. Tu verras, j'en prends le pari. Je suis sûr qu'ils vont essayer de nous stopper en vue des côtes, ou alors au retour.

Bien sûr, il était préférable que ce soit au retour, une fois la mission accomplie. Tout le monde était d'accord sur ce point.

À Ein Harod pendant ce temps Andreï, Myriam et tous les habitants du kibboutz n'étaient pas restés inactifs. Grâce à un « emprunt » effectué par un soldat anglais ami dans les magasins militaires de Sa Gracieuse Majesté, l'équipe a pu inaugurer un nouveau poste émetteur, qui répond aux dernières normes de la technique. C'est ainsi que Radio Ein Harod a appris que le *Spring of the World* cherchait un endroit sûr pour débarquer sa précieuse cargaison. Andreï et Myriam ont tout prévu, et c'est une petite crique au lieu-dit Herzlia qui servira de lieu de débarquement.

Le navire est arrivé en vue des côtes avec un peu d'avance sur l'horaire prévu. Andreï a décidé de le faire attendre, la nuit étant plus propice à l'accueil des rescapés. Patiemment, Jérémy, le capitaine, l'équipage et les passagers attendent, n'ayant qu'une seule crainte : qu'une patrouille navale anglaise trouve suspecte cette embarcation immobilisée à quelques encablures d'un point stratégique. Une fusée doit être lancée par Myriam comme signal du début des opérations.

Jérémy regarde sa montre avec de plus en plus de fébrilité. Si tout se passe bien, dans deux heures leur expédition touchera à sa fin. Le capitaine Schmidt, lui, reste confiant. Il sait que les habitants du kibboutz ne sont pas des amateurs, et qu'ils n'en sont pas à leur coup d'essai. Absorbés dans ces considérations, les deux hommes voient le ciel s'illuminer. « *Mazel Tov* » ! s'écrie Jérémy. En quelques instants les canots sont à la mer, rejoints par d'autres qui viennent de la côte.

La « cargaison » du *Spring of the World* débarque dans un ordre parfait, sans un bruit, sans un murmure, chacun attendant son tour. Le bruit des camions dont le moteur chauffe s'entend depuis la côte. Ils abritent Andreï, Myriam et tous ceux qui participent à l'opération. Les deux plus hauts dirigeants du kibboutz ont tenu à être présents, ne serait-ce que pour accueillir dignement Jérémy, qui a pris place dans le dernier canot. Au moment de fouler le sol d'Israël, Jérémy ne peut s'empêcher d'avoir le même geste que ses amis rescapés des camps. Il se met à genoux et baise le sable blanc de la plage : son premier contact avec la Terre promise.

C'est à ce moment qu'une voix féminine, à la fois ironique et tendre, lui lance :

– Pas trop déçu Jérémy ? Tu croyais qu'on allait t'accueillir avec des fleurs ? On n'est pas Hawaii ici !

Jérémy aurait reconnu cette voix entre mille. Ce ton de persiflage bon enfant, cette manière un peu rugueuse de dire les choses pour mieux cacher son émotion, ce ne peut être que Myriam, bien sûr. Il la revoyait en Sicile, se faisant parachuter avec son ami Enzo. Tout lui revient d'un coup en mémoire : il n'a rien oublié des moments passés avec elle.

Et il se souvient qu'il lui avait promis de la revoir. Alors il se relève, gêné que son geste empreint d'une solennité religieuse soit interrompu par des sarcasmes. Il secoue le sable qui colle encore à ses vêtements et lui répond :

– À chacun son Eldorado. Tu as tort de te moquer, Myriam. Tu vois, je tiens mes promesses. J'avais promis de te revoir, et je suis là !

Cette entrée en matière ne désarçonna pas la fine dialecticienne qu'est Myriam.

– Tu tiens peut-être tes promesses, mais c'est la première fois que tu mets les pieds en Palestine, OK ?

Les retrouvailles avec Andreï eurent moins de piquant. Le chef du kibboutz découvrit Jérémy presque par hasard, en dirigeant le faisceau lumineux de sa lampe torche vers les émigrants afin de vérifier que les opérations se déroulaient conformément à ses instructions. Il se jeta dans les bras de Jérémy, qui pleurait presque en lui disant :

– Andreï, Andreï, tu es venu ! Je n'étais pas certain de te voir. C'est formidable !

Andreï avait pour Jérémy la tendresse d'un père pour son fils.

Car le père du jeune homme était son frère, mieux même, son frère d'élection, bien plus précieux qu'un frère de sang. Ensemble ils avaient entrepris le plus long voyage de toute leur vie, il y a de cela déjà plus de quarante ans[1]. Mais Jérémy, décidément, était plus intéressé par Myriam. Il ne pouvait s'empêcher d'être impressionné par cette jeune femme volontaire, qui, habillée en para, ne perdait rien de sa féminité ni de son élégance. Sa blondeur vénitienne et ses yeux d'un bleu de porcelaine avaient par ailleurs depuis longtemps fait la conquête du jeune homme.

Une fois le débarquement terminé, il restait néanmoins un détail à régler. Un détail ? le capitaine Schmidt ne l'aurait pas entendu de cette oreille. Pour négocier au mieux cette opération au moins aussi délicate que le déchargement de la cargaison, et pour la mener à bien avec autant de succès, Jérémy avait besoin d'Andreï. Bien sûr, par principe, Jérémy voulait discuter la prime du marin, même si tout s'était déroulé au-delà même de leurs espérances. Quelques mots échangés entre le père spirituel et le fils d'adoption, et Andreï montait à bord du *Spring of the World*, épaulant Jérémy dans ses discussions avec le commandant de bord. Avec une parfaite mauvaise foi, Jérémy dit à Andreï :

1. Voir *Le Hussard de l'espérance.*

« Aaron veut quinze mille dollars, comme convenu. » Un sourire narquois apparut au coin des lèvres du capitaine.

Commença alors entre ce dernier et Jérémy une scène de marchandage d'anthologie où, arguments contre arguments, les deux hommes s'affrontèrent. Finalement, sur le conseil insistant d'Andreï, Jérémy finit par céder. En apparence tout au moins. Car, à peine la liasse de vingt mille dollars fut-elle dans la main du capitaine que Jérémy revint à la charge, changeant de tactique. Tantôt menaçant, tantôt faisant miroiter à un homme qui aimait l'argent la possibilité d'autres voyages de ce type, le jeune homme ne laissa pas de répit à celui qui était pourtant, et il le savait, son ami.

Le culpabilisant avec le sacrifice des Juifs d'Europe et celui, d'un tout autre genre, des kibboutzniks qui travaillaient bénévolement, en évoquant à tout bout de champ Tony Zampelli et ses sbires, en laissant entendre au capitaine qu'il y avait peut-être bien un double des fameuses photos, Jérémy parvint, non sans mal, à faire fléchir Aaron Schmidt. Mais celui-ci entendait bien être payé de retour, et considérait les cinq mille dollars qu'il restitua à Jérémy comme un investissement, pas comme un don. Après tout il avait charge d'âmes, une femme et trois enfants, et il avait dû se dédire pour sa cargaison de champagne. Et puis il n'était pas un sentimental. Mais le nouvel accord qu'ils venaient de conclure était à son avantage, et il le savait. Alors Aaron Schmidt sortit la bouteille de vodka de sa cachette, et les trois hommes burent ensemble à la santé des émigrants clandestins de Palestine.

De retour à Ein Harod, Andreï et Jérémy trouvèrent le kibboutz en ébullition. Les messages radio reçus d'Amérique annonçaient une intensification de l'immigration illégale et de la résistance contre la présence britannique en Palestine. Certains dirigeants proches de Ben Gourion allaient jusqu'à prôner des actions militaires, afin de briser le blocus maritime que la Royal Navy avait établi le long des côtes du pays. Ils envisageaient de militariser l'immigration, en formant des convois sécurisés confiés à des soldats de la Haganah, du groupe Stern ou de l'Irgoun. Un peu sur le modèle des convois britanniques dans les premiers temps de la guerre qui venait à peine de s'achever.

Certains autres messages annonçaient que, sous certaines conditions, la marine militaire américaine serait prête à soutenir ces convois armés. Quant aux messages reçus des autres kibboutz de Palestine, ils étaient unanimes. Tous les partis sionistes devaient fusionner, se placer sous le commandement de Ben Gourion et ne plus former qu'un seul et unique mouvement de la résistance juive, sans groupe dissident qui ferait, consciemment ou inconsciemment, le jeu des Anglais. D'autres messages envisageaient de harceler ces derniers, de les démoraliser par une guérilla incessante. Ce que Gandhi et Nehru faisaient aux Indes avec le mouvement « Quit India », Ben Gourion et les autres dirigeants sionistes pouvaient très bien le faire en Palestine. Des sabotages contre les installations militaires britanniques étaient envisagés, et cette perspective inquiétait Andreï.

– Le Vieux devrait savoir que nous ne sommes pas de taille à lutter militairement contre les Anglais, dit-il à Jérémy, étonné par cette manière peu respectueuse, mais fréquente et somme toute affectueuse d'évoquer David Ben Gourion. Mais j'ai ma petite idée sur la question, ajouta-t-il.

Jérémy, lui aussi, avait son idée sur la question, et il n'attendait qu'un signe d'Andreï pour lui en faire part. Alors quand son père de substitution lui demanda ce qu'il pensait de la situation, Jérémy n'hésita pas. L'occasion était trop belle, et de plus il était flatté de l'intérêt et de la confiance qu'Andreï, un héros des premières heures de l'épopée sioniste, lui témoignait.

– Sans armes ou presque, sans escorte armée, nous avons réussi à faire passer huit cents immigrants clandestins au nez et à la barbe des Anglais. C'est vrai, nous avons eu beaucoup de chance. Et pourtant je ne peux pas m'empêcher de penser que, d'une certaine manière, il aurait mieux valu être arraisonnés par la Royal Navy. Car alors la presse internationale, journaux, radios, aurait été informée, et notre cause aurait éveillé l'intérêt et le soutien des peuples du monde entier.

Te rends-tu compte Andreï, la mère de toutes les démocraties qui empêche des rescapés de la pire horreur que la terre ait jamais vue de rejoindre la terre de leurs pères ? Te rends-tu compte de l'émotion, du scandale que cela provoquerait dans la communauté internationale ? Notre peuple bénéficie d'un mouvement général de sympathie dans le monde. Juste retour des choses, après avoir été traités comme des parias pendant des siècles ! Cette sympathie, il faut savoir en profiter, s'en servir pour la défense de notre cause.

Crois-moi, les Anglais n'auront pas le beau rôle dans l'histoire, et ils perdront le soutien de l'Amérique dans cette affaire. D'ailleurs tu as pris, comme moi, connaissance des derniers messages radio en provenance des États-Unis. Tu me dis que Hitler s'est soucié comme d'une guigne de l'opinion publique internationale.

Mais il y a différentes façons de faire la guerre. Il faut que les Anglais apprennent à nous connaître et cessent de confondre les Juifs de Palestine avec ceux des ghettos d'Europe Centrale. Voilà pourquoi je suis partisan d'actions de commando contre leurs bases militaires. Bien sûr, on nous traitera de terroristes. Et c'est bien pour ça qu'il faut mettre les Britanniques en difficulté en ce qui concerne l'immigration clandestine, pour prouver au monde qu'ils ne tiennent pas leurs promesses vis-à-vis de notre peuple, et que leur politique en la matière mène tout droit à la catastrophe. Dès le prochain bateau en vue des côtes, il faut absolument faire en sorte que les Anglais soient prévenus et qu'ils empêchent le débarquement. Partant de là, il ne nous sera pas difficile de rallier l'opinion publique mondiale à notre cause, et d'obtenir le soutien des démocraties occidentales.

Jérémy n'avait pas plaidé longtemps au barreau de New York mais, ce jour-là, il aurait pu en remontrer en matière d'éloquence aux plus grands ténors de cour d'assises. Sa théorie, énoncée avec conviction et avec le calme que donne la certitude d'être dans le vrai, avait profondément impressionné Andreï. Ce dernier réfléchissait, pesant le pour et le contre d'une situation qui, à ce moment, semblait complètement bloquée. Il hésitait à prendre le risque de sacrifier délibérément un convoi transportant plusieurs centaines de personnes, à faire de ces passagers de l'espoir des instruments au service de ses visées politiques, à les transformer en otages.

Pourtant, peu à peu, les arguments de Jérémy faisaient mouche dans son esprit. Oui, Andreï le savait, il faut parfois faire la guerre pour avoir la paix. Le récent conflit qui avait déchiré l'Europe le lui rappelait tous les jours, et il se souvenait parfaitement des terribles bombardements alliés sur Dresde, Berlin, Hambourg, Francfort et Cologne. Comme Jérémy, il voulait que les citoyens du futur État d'Israël soient avant tout des soldats, des combattants, prêts à verser leur sang pour la défense de leur terre, une terre reconquise, et à quel prix, après plusieurs millénaires.

Dans ce discours, dans cette ardeur à défendre une cause pour laquelle Jérémy montrait la foi des néophytes, Andreï retrouvait l'enthousiasme d'Alberto, qu'il avait cru perdre à jamais quand il était parti pour l'Amérique. Non seulement il n'avait pas perdu le père, mais au passage il avait gagné un fils. Oui, le combat reprenait, plus âpre que jamais, avec des hommes neufs qui allaient prouver au monde, une nouvelle fois, que le peuple juif renaissait toujours de ses cendres. Myriam, qui était restée silencieuse jusque-là, se joignit à la conversation. Son patriotisme était aussi exacerbé que celui de Jérémy et, elle aussi, plaidait en faveur de l'intensification de l'immigration clandestine et d'organisation d'actions commando contre les bases britanniques.

Comme Jérémy, elle pensait qu'il était grand temps que les Juifs deviennent un peuple comme les autres, avec une patrie à défendre. Et, comme lui, elle savait que le monde ne respectait que la force, et qu'il fallait se battre s'ils voulaient que leur pays voie le jour. Prolongée jusque tard dans la soirée, cette conversation fut interrompue par Andreï, qui promit à Myriam et à Jérémy de réfléchir sérieusement à leur plan d'action. La nuit ne porte-t-elle pas conseil ?

Pour les deux jeunes gens cependant, il était encore tôt. Myriam profita de l'heure tardive pour faire visiter à Jérémy le kibboutz endormi, dont la qualité des installations l'étonna. Pour Jérémy, peu familier de la vie des colons juifs de Palestine, les kibboutz étaient forcément aménagés de manière spartiate, comme des camps de pionniers à peine améliorés. Le seul service où l'on veillait était le poste des radio-émetteurs, qui fonctionnait vingt-quatre heures sur vingt-quatre. Myriam prit plaisir à en faire les honneurs : ce poste était la fierté d'Ein Harod, et aucun autre kibboutz ne disposait d'un équipement aussi moderne et aussi puissant en la matière.

Mais Jérémy avait la tête ailleurs. Quand Myriam lui détaillait avec orgueil les performances de leur installation, Jérémy se disait qu'il parlerait bien avec elle de tout autre chose. Car plus il regardait la jeune femme, plus il la trouvait séduisante. Il rêvait de soirées à Tel Aviv avec elle, de bains de mer, de jeux espiègles d'amoureux, d'une relation forte qui les engagerait l'un envers l'autre. Alors il se mit à blaguer, à se moquer gentiment de Myriam, lui disant qu'elle avait la tête trop politique, et pas assez romantique.

Piquée au vif, Myriam se promit de prouver à Jérémy, et au plus tôt, que, pour être une combattante, elle n'en était pas moins une femme qui savait ce qu'était l'amour. Et puis Jérémy ne lui avait-il pas avoué que, s'il était venu en Palestine, c'était pour elle ? Flattée de la cour que lui faisait Jérémy de manière ouverte, mais bien trop fine mouche pour en laisser rien paraître, Myriam se dit qu'il était peut-être temps d'oublier les fatigues de la guerre. De son côté Jérémy avait toujours été timide avec les femmes, et ne voulait pas brusquer Myriam, qu'il voyait un peu comme une princesse de contes de fées.

Cette nuit-là pourtant ils se donnèrent l'un à l'autre, réalisant un vœu qui leur était cher à tous deux depuis leur première rencontre en Sicile. Myriam comprit alors que les rares hommes qu'elle avait connus auparavant ne comptaient pas, que le seul qui comptait, c'était Jérémy. Et c'est à l'aube, quand le jour commençait à poindre sur les collines d'Ein Harod, que les deux amants s'endormirent dans les bras l'un de l'autre, épuisés et heureux.

Chapitre 6

Les jours qui suivirent furent euphoriques. Myriam et Jérémy, galvanisés par l'énergie indestructible de l'amour, se consacraient aux immigrants, qu'il fallait répartir dans différents kibboutz des environs, afin de ne pas attirer l'attention des Anglais sur la brusque augmentation de la population à Ein Harod. Après ces journées bien remplies, les deux jeunes amants retrouvaient Andreï et Sarah, en compagnie desquels ils passaient leur soirée.

Les parents de Myriam partageaient le bonheur naissant de leur fille, mais Sarah, préoccupée par l'avenir de la « prunelle de ses yeux », comme elle l'appelait, ne pouvait s'empêcher de la mettre en garde :

– Fanchement Myriam, je ne sais pas si Jérémy est un garçon pour toi. Il ressemble beaucoup à son père qui, dans sa jeunesse, crois-moi, n'était pas réputé pour son sérieux avec les femmes.

Andreï intervenait alors immédiatement, défendant l'honneur des Jackson père et fils.

– Arrête Sarah, par pitié ! L'essentiel est que Myriam soit heureuse. Quant à Alberto, tu oublies un peu vite ce qu'il a fait pour nous. On ne peut vraiment rien lui reprocher alors, tu vois, pour ma part je souhaite vraiment que son fils lui ressemble.

Ces remarques calmaient un peu les ardeurs maternantes de Sarah, d'autant plus que Myriam n'était pas d'une trempe à accepter ce genre de commentaires sans réagir.

– Maman, je suis une grande fille aujourd'hui ! Et je pense avoir donné assez de preuves de mon sens des responsabilités pour que tu me laisses vivre ma vie à ma guise. Tu sais bien que personne ne te remplacera jamais dans mon cœur, que tu y as une place unique. Mais je dois pouvoir vivre ma vie de femme sans entraves, tu dois me traiter comme une personne, et non pas comme une partie de toi placée sous une tutelle permanente. Tu quitteras ton père et ta mère, est-il écrit dans la Bible…

Myriam ajoutait, à l'adresse de sa mère, qu'il était trop tôt pour qu'elle se mette à jouer les belles-mères, que Jérémy et elle n'étaient pas encore mariés, et que de toute façon ils avaient d'autres projets : leur pays était en guerre, et il n'était pas question pour l'instant de fonder une famille dans le climat d'incertitude qui régnait.

Pendant ce séjour à Ein Harod Jérémy s'était investi à corps perdu dans l'action, et avait contribué à l'arrivée de mille cinq cents nouveaux immigrants illégaux en Palestine. Il faisait régulièrement la navette entre Ein Harod et l'Italie, où il avait établi des contacts avec un agent du Mossad nommé Yehuda Arazi. Expert de l'action clandestine, ce dernier avait servi pendant quelques années dans la police puis dans l'armée anglaises, au sein desquels il collectait des renseignements au profit de la Haganah. Il était à présent basé à Milan, d'où il avait mis sur pied un réseau d'immigration qui fonctionnait à la satisfaction de tous.

Jérémy et Yehuda avaient monté de toutes pièces une compagnie de soldats fictive, profitant de la confusion qui régnait dans la péninsule en cette période d'immédiate après-guerre. Sous ce couvert ils avaient monté toute une filière, les candidats à l'immigration recevant des uniformes flambant neufs de l'armée italienne qui donnaient une apparence de réalité à leur compagnie fantôme. Cachés dans différentes fermes de la plaine du Pô, les rescapés étaient ensuite dirigés, par petits groupes, jusqu'à de discrètes embarcations qui les convoyaient vers la Palestine. En quelques mois les deux hommes avaient réussi à doubler le contingent de candidats au départ, et Jérémy, que la routine lassait, trouvait que tout cela fonctionnait un peu trop bien.

Il n'avait pas abandonné l'idée qu'il avait soumise à Andreï, et ce dernier avait pris contact avec Yehuda Arazi pour frapper un grand coup. Ensemble ils avaient mis au point un plan qui devait gagner le monde entier à leur cause : affréter un navire d'un millier d'immigrants au départ de La Spezia, avec comme destination officielle la Sardaigne, mais faisant en réalité route vers Haïfa. Les autorités britanniques devaient être averties par leurs soins du point d'arrivée réel du navire, et Andreï, Jérémy et Yehuda espéraient bien que les Anglais tomberaient dans le piège qui leur était tendu. Ce coup d'essai fut un coup de maître.

La police italienne, à la demande des Britanniques, avait bloqué le navire dans les eaux territoriales peu après son départ du port. Yehuda Arazi, qui était du voyage, avait hissé le drapeau du futur État d'Israël et, alors que le bâtiment retournait à La Spezia escorté par les vedettes garde-côtes des carabinieri, avait commencé à alerter l'opinion mondiale en utilisant l'émetteur radio qui se trouvait à bord. Sur les quais toute la presse locale attendait le navire, et la population de la ville, qui s'était déplacée en masse, avait fait un triomphe aux passagers du cargo.

Une fois à terre, Arazi se conforma strictement au plan élaboré avec Andreï et Jérémy et multiplia les contacts, adressant des messages à Attlee, Truman, Staline et Pie XII. Il organisa une grève de la faim qui ne cesserait qu'une fois que tous les passagers auraient obtenu leur visa légal pour immigrer en Palestine. Il avait gagné à sa cause la population italienne, furieuse de voir les autorités de leur pays se mettre au service de la Grande-Bretagne. Au bout de quelques jours d'intense propagande l'affaire faisait les gros titres de la presse internationale et, devant la pression médiatique, l'Angleterre céda. Tous les passagers du cargo purent gagner Haïfa, en toute légalité cette fois.

À Ein Harod la réussite de l'opération fut fêtée comme il se doit et Jérémy, ayant le triomphe modeste, se garda bien de plastronner. Ce jour-là le rabbin bénit non seulement tous les habitants du kibboutz, mais aussi l'émetteur radio qui était à l'origine de leur succès. À la fête succédèrent les préparatifs de l'accueil des nouveaux réfugiés, près de deux mille immigrants qui se trouvaient à bord d'un deuxième convoi organisé par Arazi, et auquel on prédisait le même succès que le premier.

L'arrivée des rescapés eut lieu en grande pompe. Le maire de Tel Aviv avait fait le déplacement, ainsi que cinq mille colons venus de tous les kibboutz de Palestine. La Haganah, sortie de sa semi-clandestinité, assurait le service d'ordre, et les Anglais feignaient l'ignorance. Jusqu'aux Arabes, qui étaient restés d'un calme surprenant, ne manifestant leur mécontentement qu'en baissant pour la journée le rideau de fer de leurs boutiques.

Mais cette absence de réaction, grand calme avant la tempête, fut de courte durée. L'indifférence feinte des Britanniques cachait une contre-attaque foudroyante, qui faillit anéantir le patient travail de plusieurs années des habitants d'Ein Harod. Un soir de shabbat, un corps de quinze mille hommes composé de troupes d'élite boucla tout le territoire, bloquant le passage aux frontières et coupant toutes les communications radio du pays. Ein Harod est investi par l'armée anglaise, qui interrompt le rabbin en plein office et l'arrête, ainsi que tous les notables du kibboutz.

Jérémy échappe de justesse au même sort, son passeport américain lui épargnant l'arrestation. En quelques heures la direction du kibboutz avait changé de mains, tout le matériel radio avait été saisi, et Myriam réconfortait les opératrices, anéanties par la violence de la riposte anglaise : « Ils n'auront pas le dernier mot, croyez-moi. »

Car le matériel le plus sophistiqué dont disposait le kibboutz avait été mis à l'abri en lieu sûr quelques jours plus tôt, quand Andreï avait appris par un agent du Mossad que le général commandant les troupes anglaises de Palestine attendait de manière imminente un signal du 10 Downing Street pour investir toutes les bases sionistes disposant d'un arsenal militaire clandestin. Andreï, en tant que principal dirigeant du kibboutz, fut détenu quelques jours dans un camp militaire du désert du Néguev. Il fut rapidement libéré, l'intervention de Jérémy auprès des autorités ayant porté ses fruits : un officier de l'armée américaine, et décoré par Churchill en personne qui plus est, voilà pour les Anglais un homme à qui on ne pouvait rien refuser.

Le jour de la libération d'Andreï Ein Harod était en liesse. Pourtant, celui que l'on fêtait en héros ne partageait pas l'optimisme général. Andreï fit part à Jérémy de ses inquiétudes : « Il va falloir redoubler de vigilance. Les Anglais jouent un jeu qui ne me plaît pas du tout. Ils savent que dans notre mouvement plusieurs partis se disputent le pouvoir, et ils ont depuis longtemps l'habitude de diviser pour régner. Nous avons la Haganah, jalouse de son pouvoir militaire, le Palmakh, les milices ouvrières et les unités de choc des kibboutz, sans compter les factions à la limite du terrorisme, comme le groupe Stern ou l'Irgoun. Aujourd'hui l'action des Anglais tente de nous déstabiliser. Les chefs de la Haganah ont été libérés. Contre les kibboutz ils se sont livrés à un baroud d'honneur. Mais le mouvement qu'ils veulent détruire, c'est le Palmakh. »

Jérémy, rejoint par Myriam, essaya de rassurer Andreï. De lui dire qu'il ne fallait pas douter de la détermination des Juifs de Palestine. Modérés aujourd'hui, ils pourraient bien devenir des enragés de l'action clandestine si on les y contraignait. Et tant pis s'ils se mettaient à dos les « politiques », ceux qui temporisaient toujours dans l'attente de jours meilleurs. Quels jours meilleurs ? Le jour où les Britanniques leur offriraient la Palestine sur un plateau, et débarrassée de ses habitants arabes ? Il ne fallait pas rêver.

Les seules concessions qu'avaient obtenues les mouvements sionistes jusqu'alors avaient été arrachées par la force, de haute lutte. Alors tant pis si quelques gratte-papier, du fond de leurs bureaux, devaient ne plus être invités au bal du gouverneur à Jérusalem parce que des pionniers dans un kibboutz avaient tenu tête aux Anglais. Andreï, Myriam et Jérémy n'étaient pas loin de penser que ceux qui s'affublaient de l'étiquette de « modérés » étaient en fait des traîtres à leur cause.

Quant à Sarah, elle avait d'autres préoccupations. Devinant ses angoisses de mère, Jérémy n'avait pu s'empêcher de lui dire, à la fois par engagement sincère et pour la rassurer :

– Sarah, en ce qui concerne ta fille, sache que c'est avec elle, et seulement avec elle, que je ferai ma vie. Si tu n'y vois pas d'inconvénient, et si Myriam est d'accord bien sûr.

– Comment peux-tu douter de moi ? lui répondit Myriam, mi-amusée mi-émue par cette scène familiale digne d'un roman d'amour courtois.

Sarah, les larmes aux yeux, n'eut qu'une réponse : « *Mazel Tov* ! » Même si Andreï n'avait pas pris la parole, Sarah savait qu'il partageait du fond du cœur ce souhait de bonheur et de prospérité adressé aux deux jeunes gens.

Les semaines qui suivirent furent plus calmes, le kibboutz retrouvant son rythme habituel d'activité. À Tel Aviv Ben Gourion avait tenu une conférence de presse pour mettre les Anglais en garde contre leur reprise en main de l'Agence Juive. Il les avait avertis : « Ici vous ne trouverez ni Pétain ni Quisling pour vous seconder dans votre politique. » Les échos de l'action d'éclat du vieux lion étaient parvenus jusqu'à Ein Harod, inspirant à Myriam et à Jérémy des débats passionnés où ils rivalisaient d'ardeur dans l'imagination afin de peindre sous les couleurs les plus chatoyantes l'avenir de leur pays. Et puis ils devaient bientôt s'unir.

Myriam cependant ne pouvait entièrement dissimuler une certaine inquiétude. Dans son esprit subsistaient quelques doutes : et si ce que Jérémy avait dit à sa mère, il ne l'avait dit que pour faire plaisir à cette dernière, pour « calmer le jeu » ? Elle s'en ouvrit à Jérémy. Celui-ci, franc comme l'or, lui répondit aussitôt :

– Je te le jure sur la *Thora*, ce n'est ni à ta mère ni à ton père que je pensais en disant ce que j'ai dit, mais à toi, seulement à toi, uniquement à toi.

Devant le silence persistant de Myriam, il avait ajouté :

– Je vais te faire une confidence : j'aime les femmes en général, et un homme qui aime les femmes aime par conséquent sa mère, cela me semble évident. Je suppose que toi aussi, tu aimes ta mère, n'est-ce pas ?

Myriam acquiesça. Jérémy poursuivit :

– Le premier sourire qu'un enfant voit au-dessus de son berceau, c'est celui de sa mère. Sa mère, une femme qui va lui donner énormément d'amour. Et, quand il va grandir, que son petit cœur d'homme va se mettre à battre de plus en plus fort, à s'émouvoir pour des personnes extérieures au cercle familial, ce sera encore pour une femme. Son premier amour, et son premier chagrin d'amour, encore une femme. Et celle qui consolera ce premier chagrin d'amour, toujours une femme ! Alors j'en déduis que sans toi, sans vous, les femmes, rien n'est possible. Et sais-tu que dans le *Talmud*, ou dans la *Torah*, je ne sais plus, il y a une prière que tous les hommes doivent réciter chaque matin ?

L'éducation religieuse de Myriam, fille d'un père marxiste, avait évidemment quelques lacunes.

– Ici, en Palestine, nous avons d'autres soucis tu sais, Jérémy…

– Cette prière, Myriam, dit : « Merci mon Dieu de ne pas m'avoir fait femme. Pour une fois que j'ai l'occasion de t'apprendre quelque chose ! »

– Comment une prière si misogyne peut-elle se trouver dans ces livres pleins de sagesse et de philosophie ? demanda Myriam, scandalisée.

– Et tu prétends aimer et respecter les femmes ! Mais c'est affreux, ce que tu viens de dire ! Je ne te crois pas. Je refuse de te croire.

Jérémy, pas peu fier de son effet, poursuivit :

– Il ne faut pas prendre les textes religieux au pied de la lettre. Il faut savoir les interpréter, lire entre les lignes si tu préfères. C'est vrai, ce n'est pas toujours très simple. Ce n'est d'ailleurs pas un hasard si, depuis cinq mille ans, on se livre à l'exégèse de la *Thora* dans toutes les *yeshivot* du monde. Depuis des millénaires, je pense que tu le sais, chaque rabbin délivre son interprétation des Écritures, selon sa sensibilité, l'école talmudique à laquelle il appartient, ou bien encore, parfois, l'humeur du moment. Pour en revenir à cette prière, sache que j'étais loin de plaisanter. J'ai eu avec le grand rabbin de New York, un saint homme crois-moi, une longue discussion à ce propos. Au début j'ai eu la même réaction que toi, et je lui ai demandé comment un homme de bien pouvait proférer de telles paroles, alors que, nous le savons tous très bien, il ne manque pas de par le monde de femmes infiniment supérieures à nombre d'hommes.

Myriam, impatiente de connaître le fin mot de l'histoire, interrompit Jérémy :

– Et alors, que t'a-t-il dit, ton saint homme ?

– Tu veux savoir ce qu'il m'a dit ? Il m'a répondu que, tout au contraire, cette prière était sans doute le plus bel hymne à la femme de tous les textes sacrés du judaïsme. Car si les hommes remercient Dieu de ne pas les avoir faits femmes, c'est qu'ils savent bien qu'ils n'ont ni le courage, ni la force, ni l'abnégation, ni la volonté des femmes. Et il a ajouté, souriant dans sa barbe de vieux sage : « Jérémy, te crois-tu capable de porter un enfant pendant neuf mois, de le mettre au monde, et de l'élever afin d'en faire un homme dans tous les sens du terme ? Moi, je te le dis honnêtement, je crois que c'est bien au-dessus de mes forces. Crois-moi, il faut beaucoup, beaucoup d'humilité pour dire cette prière. En offrant cette action de grâce au Tout-Puissant, nous Le remercions de nous épargner les épreuves qu'Il ne destine qu'aux femmes, car Il sait qu'elles, et elles seules, sont de taille à lutter. » Satisfaite, Myriam ? Tu vois qu'elle n'est pas si misogyne que ça, ma prière…

Respectant de son mieux l'intimité de Myriam et Jérémy, Andreï était de plus en plus absorbé par ses activités politiques. Depuis les récents événements qui avaient vu Ben Gourion nommé à la tête de la Défense, un comble pour un pays aussi vulnérable, Andreï avait définitivement basculé du côté de l'action clandestine. Il se rendait chaque jour à Tel Aviv pour y retrouver, dans le plus grand secret, à l'abri de la pénombre d'une synagogue, son vieil ami Menahem Begin. Ce dernier y vivait déguisé en rabbin, tout en poursuivant son action à la tête de l'Irgoun, l'un des mouvements sionistes les plus offensifs.

Plus que d'autres milices, l'Irgoun avait été relativement épargnée par le récent coup de filet britannique contre les organisations armées juives. Et depuis trois mois qu'Andreï et Menahem Begin collaboraient étroitement, le dirigeant du kibboutz d'Ein Harod servant de relais au chef de l'Irgoun, les deux hommes avaient eu le temps de mûrir leur projet. Un projet grandiose, qui devenait de jour en jour plus indispensable, un projet tellement audacieux qu'il ferait capituler les Britanniques : un sabotage en règle de leur quartier général de l'hôtel King David, à Jérusalem.

Andreï avait été long à convaincre. Par tempérament, il préférait la négociation au passage en force. Mais la volte-face de la Haganah, devenue le jouet des Anglais, et la désunion croissante entre les différents mouvements sionistes, ne laissaient plus d'autre choix. Pour éviter une guerre civile, fils d'Israël contre fils d'Israël, il fallait qu'un événement d'une importance capitale, d'une ampleur telle qu'elle soude tous les Juifs de Palestine autour de la même cause. Sans plus laisser aux Anglais le loisir de flatter un « camp des hésitants » où les timorés et autres pleutres n'étaient que trop heureux de se retrouver entre eux, sous la tutelle de l'occupant.

L'union morale de tous les combattants de la cause sioniste devenait une nécessité, et Begin espérait bien que cette union se ferait en comptant avec lui : la tournure que prenaient les événements le confirmait dans la justesse de ses analyses. Non, l'heure n'était plus à la modération, à de vaines et interminables négociations avec Londres, mais au combat. Le moment était venu de mettre en pratique la devise de ses forces d'assaut, « conquérir la montagne ou périr ». Il était temps que toutes les factions d'autodéfense fusionnent en un seul mouvement, afin d'offrir un front uni face à l'ennemi, qu'il soit anglais ou arabe.

En s'attaquant au King David Andreï et Menahem Begin poursuivaient un autre but. Au cours de récentes émeutes, les Anglais avaient réussi à mettre la main sur des papiers compromettants pour certains dirigeants sionistes, papiers qui avaient été dérobés au siège de l'Agence Juive et que les Britanniques conservaient précieusement dans un coffre de leur quartier général, dans l'aile sud du King David plus précisément.

Ces papiers, il fallait absolument les récupérer, ou les détruire. Le faux rabbin chargea Andreï d'obtenir le feu vert de Ben Gourion et de deux ou trois autres dirigeants de premier plan, trop heureux de laisser les mains libres à Begin pour la réalisation d'un plan aussi insensé. S'il échouait, et il y avait de grandes chances pour que ce soit le cas, cela ferait toujours un candidat en moins au poste suprême le jour où le pays aurait acquis son indépendance.

La préparation du plan, baptisé « opération Chik », prit trois semaines à Andreï. Il démontra encore une fois son efficacité, et chargea Jérémy de mettre en place la charge de deux cent cinquante kilos de TNT qui devaient détruire la partie de la forteresse ennemie où se trouvaient les documents à faire disparaître. Jérémy, assisté d'un jeune artificier, Guiddy, avait mis au point un système infaillible. Vingt hommes, pas moins, composaient l'effectif prévu pour participer au coup de main, un coup sans précédent depuis l'établissement du mandat britannique sur la Palestine.

Guiddy avait entièrement rassuré Jérémy sur la faisabilité de l'opération :

– C'est très simple. Il nous faut deux cent cinquante kilos d'explosifs que nous cacherons dans des bidons de lait. Le laitier passe chaque matin, à heure fixe, au King David. Les livreurs ne sont jamais les mêmes, et les Anglais ne seront pas étonnés de voir de nouvelles têtes. Tout se passera bien, crois-moi. Ton rôle consistera à minuter l'opération. Si tu es sceptique devant l'efficacité d'une aussi faible quantité d'explosifs, souviens-toi d'une chose, c'est que l'espace clos du sous-sol décuplera la puissance de la charge. Je te garantis le résultat, l'explosion soufflera même la toiture.

Jérémy ne pouvait pas s'empêcher de soulever de nouvelles objections.

– Mais il y aura des dizaines de victimes, n'avait-il pu s'empêcher de dire à l'un des participants à l'opération, un officier de la Haganah nommé Isaac Sadeh.

Ce dernier, totalement maître de lui et d'un calme parfait, lui avait répondu :

– Si tu fais bien ton travail tout se passera au mieux, et il n'y aura pas de morts à déplorer. Nous préviendrons les Anglais à temps, en leur laissant trente minutes pour quitter les lieux. L'important pour nous est que les documents saisis à l'Agence Juive soient détruits, faute de pouvoir les récupérer. La réussite de notre action de commando dépend de deux éléments clefs, une surprise totale et un minutage à la seconde près.

L'officier détailla alors les modalités de l'opération à Jérémy : les combattants choisis seront tenus dans l'ignorance de l'action à accomplir, et ne seront prévenus qu'au dernier moment. Le camion de laitier utilisé sera le camion d'origine, la Haganah s'étant procuré un double de la clef du garage. L'opération du commando de vingt personnes doit durer en tout quinze minutes, pas une de plus. Arrivée à 12 heures au King David, puis déchargement des bidons devant les cuisines du café Regency, situé juste sous les bureaux du secrétariat général. Aucun contrôle des Anglais n'était à craindre. Quant à la retraite prévue pour les hommes du commando, Isaac Sadeh n'avait rien voulu en dire, promettant à ses hommes une surprise de taille.

Pour les besoins de sa mission, la veille du grand jour, Jérémy était resté à Jérusalem, où Myriam l'avait rejoint. D'un air sibyllin, il avait dit à sa future femme que cette nuit-là serait pour eux la nuit la plus courte. Il n'avait pas mis Myriam dans la confidence, secret oblige. Mais l'intuition de la jeune femme avait parlé pour lui, et Myriam sentait bien que quelque chose de très important se préparait, une action dans laquelle Jérémy, son Jérémy, était impliqué.

Le jeune homme, refusant de se confier sur le sujet, se livra à Myriam d'une autre manière.

– Je ne sais pas de quoi demain sera fait. Mais ce que je sais c'est que j'ai besoin de toi pour me sentir fort. Que j'ai besoin de te faire l'amour comme si je te voyais pour la dernière fois, comme si tu voulais que je te fasse un enfant.

Myriam ne répondit pas, mais adressa à Jérémy un sourire éloquent. Cette nuit-là, comme le jour de leurs retrouvailles sur la plage d'Herzlia, les deux jeunes gens s'unirent comme s'unissent un homme et une femme qui partagent le même amour.

Le jour suivant fut pour Jérémy le jour le plus long. Accompagné de Mordechai Ainoam, le commandant de l'Irgoun à Jérusalem, il alla chercher un à un les hommes du commando et leur procura leurs déguisements de laitiers arabes et de serveurs soudanais. Les explosifs sont soigneusement cachés dans les bidons de lait, conformément au plan d'action, et des armes sont distribuées aux participants du coup qui doit faire vaciller Britannia sur ses bases : grenades, revolvers et mitraillettes. Sept hommes doivent pénétrer à l'intérieur du King David, douze attendant à l'extérieur afin d'assurer la retraite de leurs comparses. Jérémy, lui, reste dans le camion, supervisant l'opération. La partie la plus délicate de la mission incombe aux « laitiers ». Ils ne doivent pas commettre la moindre erreur, et les bidons doivent impérativement être déposés au pied du pilier central qui traverse l'édifice jusqu'au toit. C'est de ce point que seront branchés les détonateurs et le mécanisme de mise à feu.

L'action débute. Jérémy regarde sa montre : il est 11 h 45. Calmement, sans précipitation, chacun joue son rôle à merveille. Mordechai Ainoam, assis à l'arrière d'un taxi garé à proximité du camion, assiste au déroulement des opérations. Tout s'enchaîne sans la moindre bavure, et Jérémy jette un coup d'œil sur l'horloge du King David, qui indique 12 h 05. Il pousse un grand soupir de soulagement. Tout n'est pas réglé cependant. Pendant que les faux laitiers sortent, sans encombre, les hommes restés à l'extérieur aspergent la chaussée d'essence, et jettent des pétards pour faire diversion. Le combustible s'enflamme, produisant un épais rideau de fumée qui prend de surprise les gardes stationnés devant le King David, les empêchant d'identifier le danger.

À l'intérieur du King David, c'est la panique. Guiddy est obligé d'abattre de sang-froid un officier anglais, qui voulait lui barrer la retraite. Il a réglé la minuterie de sa machine infernale sur 12 h 40. Quand il sort du bâtiment, après avoir enjoint à ses occupants l'ordre de quitter les lieux au plus vite, il est 12 h 16. Pour que sa mise en garde soit encore plus efficace, il a lancé à la cantonade : « Ne restez pas une seconde de plus. Tout va sauter. Compris ? » Une fois sorti du bâtiment, il adresse la même mise en garde aux passants. Une fusillade nourrie éclate, à laquelle les hommes du commando répliquent en lançant des grenades. Trois hommes de l'Irgoun sont blessés. Ils sont immédiatement évacués vers le camion, que la garde britannique n'a pas repéré. Dans la rue les promeneurs ne demandent pas leur reste. En quelques instants les artères menant au King David se sont vidées.

On ne peut malheureusement pas tout prévoir. Guiddy avait demandé aux opératrices d'Ein Harod de prévenir la réception du King David par téléphone, et ses ordres avaient été exécutés. Trois opératrices joignirent l'hôtel de trois postes différents, afin de mieux brouiller les pistes : « Vous avez dix minutes pour quitter l'hôtel. Tout va exploser. » Mais les Anglais n'ont peur de rien, ils l'ont d'ailleurs prouvé à maintes reprises. Alors l'administration britannique entre en résistance, une résistance bornée, comme l'est souvent l'administration : on ne donne pas d'ordre aux soldats de Sa Gracieuse Majesté. Pour l'encadrement tout cela n'est qu'une mise en scène de mauvais goût, une sale plaisanterie qu'il faut prendre comme telle, sans surtout lui faire l'honneur de la prendre au sérieux. Comment donc, une bande de voyous, de malfrats, dicterait sa loi à des généraux chevronnés, décorés sur tous les champs de bataille de la dernière guerre ?

Au King David Sir John Shaw, qui commande les forces armées anglaises en Palestine, refuse de se laisser intimider par la menace, comme aussi par l'avertissement donné par Guiddy et les opératrices. Et lorsqu'un officier de police vient le prévenir qu'il faut faire évacuer l'hôtel dans les plus brefs délais, parce que des « terroristes » viennent de l'avertir qu'il est sur le point d'exploser, et qu'il risque d'y avoir de nombreux morts si leur mise en garde n'est pas prise au sérieux, Sir John n'a qu'une réponse : « Je ne suis pas ici pour recevoir des ordres des Juifs. C'est moi qui leur en donne ! » Dans son inconscience, et pour bien marquer qu'il a le droit avec lui, il demande à son ordonnance de lui servir un thé. L'officier de police opine du chef, bon gré mal gré : il sait bien que, dans un cas pareil, insister serait déplacé, toute tentative de convaincre le général ne pouvant se solder que par un échec.

Il ne demande pas son reste, et quitte l'hôtel dans la plus grande précipitation. L'administration britannique réagit donc à sa manière à l'avertissement pourtant réitéré. Ignorant l'injonction de Guiddy, Sir John Shaw donne une consigne stricte, impérative : chacun reste à son poste, quel que soit le danger. L'armée de Sa Très Gracieuse Majesté ne va tout de même pas céder au chantage d'une poignée de terroristes juifs ! Et, pour prouver qu'il ne croit absolument pas à cette histoire abracadabrante, Sir John fait preuve de son flegme des grands jours, ce flegme qui l'a si souvent tiré de bien mauvais pas, sur tous les théâtres d'opération du dernier conflit.

Seuls ont quitté les lieux, au King David, les employés des cuisines qui ont assisté à l'opération : eux sont bien placés pour savoir que les avertissements de Guiddy ne sont pas des paroles en l'air. Pour Sir John c'est très différent. Après les Indes, l'Afrique et le débarquement sur les plages de Normandie, la Palestine fait figure de colonie de vacances, ou presque. L'officier supérieur, pourtant aguerri au commandement des hommes par tant de combats, et croyant naïvement à son sens infaillible de la psychologie, commet une colossale et funeste erreur de jugement : celle de sous-estimer son adversaire, qu'il traite par le mépris.

Il pèche par excès de confiance, lui qui potasse pourtant encore régulièrement, même à son âge, les manuels de guerre qui apprennent que cette attitude porte en elle tous les dangers, et les défaites les plus cuisantes. Le King David n'est-il pas une véritable forteresse, imprenable sauf par une armée ? Trop sûr de lui et des hommes chargés de protéger ce bâtiment stratégique entre tous, Sir John pense qu'il n'y a aucune raison de s'inquiéter, que tout cela n'est qu'une tentative maladroite d'intimidation, téléguidée par les plus exaltés des sionistes. Et puis il sait qu'il peut se permettre d'être serein : n'a-t-il pas des informateurs à sa solde, chargés de le prévenir au cas où un danger réel le menacerait, lui et ses hommes ? Alors le général se laisse aller au plaisir de savourer son thé, dont il avale la première gorgée.

Il est tout juste 12 h 40, et la ville entière tremble sur ses assises. Au King David, le carnage est atroce : une centaine de cadavres jonchent le sol d'un édifice réduit à l'état de ruine. Sir John, interdit, anéanti, ne comprend pas. À l'autre bout de la ville, dans les bureaux de l'Intelligence Service, le général Gascoyne ne comprend pas, lui non plus. Plus haut dirigeant des services secrets anglais en Palestine, se pourrait-il que son agent infiltré au sein de l'Irgoun, Ariel Reinhold, l'ait trahi ? Payé à prix d'or, Reinhold n'avait jusqu'alors jamais manqué à ses obligations. Agent double depuis une dizaine d'années déjà, il avait à maintes reprises sorti du bourbier les autorités britanniques qui administraient le pays pour le compte de la Société des Nations.

Ce que le général Gascoyne ignorait, c'est que Reinhold avait tout tenté, tout entrepris pour le prévenir à temps. Commandant en second de l'opération, directement sous les ordres de Mordechai Ainoam, il était présent sur les lieux au moment de l'action commando. Mais, comme tous les participants à l'opération, il n'avait connu la nature de sa mission qu'au dernier moment. Impossible de joindre Gascoyne, et impossible de prévenir Sir John Shaw, qui se trouvait pourtant à quelques dizaines de mètres de lui au King David.

Devant l'absence d'informations précises de la part de leur agent, les deux officiers britanniques avaient conclu à une simple échauffourée entre Arabes et Juifs quand ils avaient été avertis des événements se déroulant devant l'hôtel, Sir John Shaw immédiatement, et pour cause, et le général Gascoyne quelques minutes plus tard, à la suite d'un coup de téléphone du commandant en chef.

Le haut commandement britannique sortait sonné de l'attentat, qui avait coûté la vie à quelques-uns de ses éléments les plus brillants. À Londres le limogeage des principaux responsables anglais de Palestine allait bon train, et les dirigeants locaux furent remplacés par des hommes plus aguerris, plus durs aussi, qui ne manifestaient pas, et c'est un euphémisme, de sympathie particulière pour les groupes d'action sionistes. Le général Sir Charles Llewellyn, qui avait succédé au général Gascoyne à la tête de l'Intelligence

Service à Jérusalem, crut avoir le mot de la fin lorsqu'il dit à ses collaborateurs, pendant une réunion : « Il faut châtier les Juifs de la manière qui déplaît le plus à cette race. Il faut les frapper au portefeuille. »

Chapitre 7

Andreï, rongé par l'inquiétude, n'avait pas quitté Ein Harod. Il était l'un des rares Juifs de Palestine à avoir été mis dans la confidence et attendait, angoissé, le retour de Myriam et de Jérémy. Un message codé lui était parvenu à la suite de l'explosion, et c'était lui qui avait donné le feu vert, pour plus de sûreté, à la standardiste du *Palestine Post* afin qu'elle prévienne, en vain malheureusement, les Anglais de quitter leur QG.

Le même avertissement avait été transmis au commissariat central de Jérusalem, sans plus de succès. Dans la ville trois fois sainte tous les hommes du commando s'étaient dispersés après les opérations. Jérémy avait alors rejoint Myriam, qui l'attendait. Le temps de brûler son déguisement de marchand arabe, et il pouvait réapparaître au grand jour, habillé comme le sont les touristes à la belle saison. Quelques heures plus tard, toujours accompagné de Myriam, il était de retour à Ein Harod.

La pendule de son bureau marquait 15 h 30, et Andreï piaffait d'impatience. Un flot de questions lui brûlait les lèvres.

– Dis-moi Jérémy, tout s'est bien passé ? Ici les rumeurs les plus folles circulent. On dit tout et son contraire. Les Anglais ont-ils eu le temps d'évacuer l'hôtel ?

Jérémy n'en savait rien. Et c'est d'une voix embarrassée qu'il avait répondu à Andreï.

– Je n'en sais trop rien. Conformément aux instructions, j'ai gagné ma planque dès que nous nous sommes dispersés. Je sais que nous avons eu trois blessés, que nous avons réussi à évacuer. Pour le reste, il faut attendre. J'espère que Messieurs les Anglais auront apprécié notre travail, et que cela les fera réfléchir. En tant que citoyen américain, je suis bien placé pour savoir que les Britanniques ne quittent un pays colonisé que contraints par la force. C'est de cette manière que sont nés les États-Unis d'Amérique voilà bientôt deux siècles, et c'est de cette manière aussi que la grande nation indienne est en train de voir le jour sous nos yeux, après des décennies de lutte, violente et non-violente.

Jérémy prêchait un convaincu. Andreï partageait son opinion sur les bienfaits de la colonisation britannique, et son discours lui rappelait sa propre aventure [1], son évasion d'un bagne de Sibérie où il avait été envoyé en relégation par l'Okhrana, la terrible police secrète du Tsar Très Orthodoxe. C'est sur cette terre qu'il avait fondé sa famille, et il était de plus en plus impatient de voir ses habitants prendre leur avenir en main. C'est à ce moment que Myriam, remontant des installations radio, les rejoignit. Elle était bouleversée, suffoquée par les pleurs.

– Nos messages n'ont servi à rien. Les Anglais n'ont pas évacué le King David. Il y a plus de cent victimes. Je me demande si cette opération va vraiment servir notre cause. Je vois d'ici les titres de la presse occidentale : le fanatisme juif fait plus de cent morts à Jérusalem. Les sionistes poignardent leurs bienfaiteurs dans le dos. Un outrage aux démocraties du monde libre et à la civilisation. J'en passe et

1. Voir *Le Hussard de l'espérance.*

des meilleures. Les Anglais et leurs alliés vont se déchaîner contre nous. Nous venons de faire un magnifique cadeau aux Arabes, qui n'attendaient que ça. Ils n'en espéraient certainement pas tant.

Andreï partageait l'émotion de sa fille, mais tenait à garder la tête froide.

– Ce drame va clarifier les positions des uns et des autres. Désormais chacun devra prendre parti, sans ambiguïté. Quant aux Arabes, je n'oublie pas que le grand mufti de Jérusalem est un criminel de guerre, qui a serré la main d'Adolf Hitler. Nous avons essayé de le liquider à plusieurs reprises, malheureusement sans succès. Et quand il s'est réfugié en France, il y a trouvé des complicités qui l'ont mis à l'abri de nos services secrets. Depuis, il vit dans la clandestinité dans différents pays arabes, passant visiblement sans encombre de l'Égypte au Liban. Tout ce que j'espère, pour en revenir à notre opération, c'est que cet attentat n'aura pas pour conséquence d'intensifier la rivalité entre Ben Gourion et Begin. Car plus que jamais nous devons rester unis et solidaires, coûte que coûte.

Dans les jours qui suivirent la répression britannique s'abattit, terrible, sur les Juifs de Palestine. Tous les kibboutz furent passés au peigne fin, et les arrestations arbitraires succédaient aux interrogatoires musclés des responsables des différentes organisations sionistes. Il était loin le temps de l'alliance privilégiée entre Juifs et Britanniques, aux heures noires de la guerre, quand Churchill promettait aux fils de Sion un État qui serait le leur, et à la mesure de la contribution des Juifs de Palestine à l'effort de guerre de l'Empire. Combien de Juifs de Palestine étaient tombés au champ d'honneur, défendant les couleurs de l'Union Jack ? Dix mille, vingt mille ? Beaucoup moins en tout cas que ceux qui étaient morts quelque part en Allemagne ou en Pologne, dans les machines de mort mises au point par des hommes qui avaient atteint le dernier degré de l'aliénation mentale.

De son côté, en Europe, Ben était atterré par la politique suivie par Ben Gourion depuis l'attentat du King David. Se ralliant aux Anglais sans crier gare, il condamnait de la manière la plus formelle l'action de l'Irgoun, à qui il réservait ses traits les plus acérés. Ses propos cinglants avaient jeté le trouble parmi la communauté juive de Palestine, et contribuaient à sa division. Cela, Ben ne pouvait pas le lui pardonner.

Ben Gourion préconisait rien moins que la « chasse aux terroristes », qualifiant de ce mot injurieux ceux qui étaient pour Ben de véritables héros. Alors, n'écoutant que son instinct, Ben décida de quitter Paris dès qu'il y aurait réglé les affaires en cours, et de rejoindre Ein Harod, où l'attendaient ses parents et sa sœur, sans oublier Jérémy. Une fois en Palestine, il comptait bien rejoindre les rangs de l'Irgoun, et continuer le combat avec ses nouveaux frères d'armes.

Ces événements, tragiques et inquiétants, semblaient ne pas atteindre Myriam et Jérémy. Tout à la joie d'être ensemble, ils ne pouvaient s'empêcher d'échafauder des projets d'avenir. Qu'elle serait belle leur vie dans un État d'Israël indépendant ! Jérémy taquinait souvent Myriam, lui demandant de procréer de nombreux petits Jackson pour défendre la terre sacrée de leur peuple. Myriam répondait par une boutade, disant qu'elle était trop jeune pour avoir la taille épaissie comme une mère de famille nombreuse au corps déformé par des couches trop rapprochées. Myriam tenait à ce que Jérémy continue à la désirer.

Jusqu'au jour où, en guise de réponse à ses interrogations de futur père, Jérémy ne reçut pas son contingent habituel de plaisanteries typiques de Myriam qui, quand un sujet l'embarrassait, savait mieux que personne détourner la conversation. Ce jour-là, Myriam invita Jérémy à mieux observer Andreï et Sarah quand ils se trouvaient en présence de leur fille. À prendre note des soins plus qu'attentifs qu'ils lui prodiguaient, et qui dépassaient de loin la simple sollicitude que des parents ont toujours pour leur progéniture. À méditer sur le besoin de repos inhabituel qu'elle éprouvait de plus en plus fréquemment. À tirer des conclusions des belles couleurs qu'elle avait prises récemment, et des formes plus épanouies qu'à l'ordinaire qu'elle arborait fièrement.

Jérémy, fou de joie, avait de la peine à croire à son bonheur. Il allait être père, et celle qui portait son enfant était la femme de sa vie. Il avait envie de faire partager sa joie à la terre entière. Faute de le pouvoir, c'est à la communauté beaucoup plus restreinte des habitants d'Ein Harod qu'il infligea son enthousiasme, partagé par ses interlocuteurs : cela faisait longtemps qu'il avait été adopté, de grand cœur, et tout le monde connaissait ses liens avec Myriam ainsi que sa relation privilégiée avec Andreï. Jérémy fit part de la bonne nouvelle à ses parents, à qui il écrivit une longue lettre.

Avec Myriam, leur sujet de plaisanterie habituel étant devenu sans objet, il trouva un autre point de tendre affrontement : le lieu de naissance de leur enfant. Jérémy tenait à ce que son fils soit un petit Yankee, né sur le sol américain. Myriam soutenait mordicus qu'il devait voir le jour en Palestine, et que Jérémy n'était qu'un lâcheur, comme son père, qui avait abandonné le combat entamé avec Andreï pour aller faire fortune chez les Yankees. Paradoxalement, et malgré les événements récents, la terre de Sion n'était pas pour Myriam une terre de danger, mais une terre d'espérance.

Jérémy choisit le soir du shabbat pour faire, au cours du dîner, sa demande officielle en mariage à Andreï et Sarah. Les parents de Myriam agréèrent bien sûr sa demande, qu'ils attendaient d'ailleurs depuis longtemps. Et, plus que leur consentement, c'est leur bénédiction qu'ils donnèrent, formant pour le jeune couple tous les vœux de bonheur que des parents aimants comme ils l'étaient peuvent formuler à l'adresse de leurs enfants. Restait à régler ce qui n'était pas des détails : la date du mariage notamment, et son lieu. Ein Harod ou New York ? Andreï et Sarah entrèrent en contact avec les parents de Jérémy, afin d'organiser au mieux la cérémonie. Quant à Ben, tout le monde espérait bien qu'il pourrait être présent.

Ces préparatifs ne pouvaient cependant faire oublier à Andreï et Sarah la psychose du terrorisme qui s'était abattue sur la Palestine. Les rafles des Anglais dans les milieux dirigeants sionistes se succédaient, les 100 000 hommes des troupes britanniques faisant peser d'un joug de fer leur autorité sur les 600 000 Juifs du pays. Au cours d'une de ces rafles, Andreï fut à nouveau arrêté. C'est qu'il avait pris du galon au sein de l'Irgoun, et qu'il en était devenu l'un des chefs incontestés, dans la clandestinité la plus totale cependant.

Ses liens privilégiés avec Menahem Begin ne l'avaient pas peu aidé dans cette ascension. Durant sa captivité, Andreï écrivit une longue lettre à Ben, lui annonçant le prochain mariage de sa sœur. La nouvelle ne surprit pas le jeune homme, qui connaissant bien chacun des deux fiancés, pensait depuis longtemps que Myriam et Jérémy étaient, selon l'expression consacrée, « faits l'un pour l'autre ». Andreï reçut par retour du courrier une longue lettre de son fils, dans laquelle ce dernier abordait tous les sujets, mêlant sa vie à Paris, les questions politiques et ses vœux de bonheur pour les futurs mariés.

La vie parisienne de Ben avait changé du tout au tout depuis qu'il avait rompu, ou peu s'en faut, avec Ben Gourion. Il ne comprenait pas les concessions permanentes faites aux Anglais par « le Vieux ». Désormais installé à Montmartre, il y vivait de sa peinture. Cette activité, qu'il avait abandonnée depuis quelques années, était devenue son gagne-pain. En outre elle lui permettait d'oublier les problèmes graves qui déchiraient la Palestine, et lui apportait l'apaisement.

Ben s'était lié d'amitié avec un galeriste de la place du Tertre, qui vendait chaque semaine deux ou trois de ses tableaux. L'artiste excellait dans le genre figuratif, avec une prédilection pour les natures mortes et les portraits. Dans sa lettre à son père il lui avait fait part de son souhait d'être présent le jour des noces de Myriam, et se faisait une joie d'avoir une occasion de retrouver sa famille, s'interrogeant juste sur le fait de savoir si la cérémonie se déroulerait à Tel Aviv, Jérusalem ou New York.

À New York les parents de Jérémy reçurent la nouvelle du mariage de leur fils avec joie. L'union qu'il allait célébrer avec Myriam soudait encore un peu plus les deux familles, qui avaient déjà tant de liens. Jérémy décida de partir pour New York, en compagnie de Myriam, afin de rendre visite à ses parents avant les noces. Il fut convenu qu'en chemin les fiancés feraient étape à Paris, afin de revoir Ben qui les attendait impatiemment.

C'est un lundi qu'il reçut un télégramme de Myriam et Jérémy, qui lui annonçaient leur arrivée à Marseille le surlendemain. Ces deux jours parurent interminables à Ben, qui pensait au chemin qu'il avait parcouru avec Jérémy depuis leur rencontre à Tunis, un soir de shabbat. Tel père tel fils ! Il semblait que le destin voulait voir se reproduire entre Ben et Jérémy la relation qui liait Andreï et Alberto depuis des décennies, et cette pensée n'était pas pour déplaire à Ben. Il décida de faire une surprise aux fiancés, et partit pour Marseille pour les accueillir sur le sol français.

Le jour de l'arrivée en France de Myriam et Jérémy, le bateau avait près de deux heures de retard. La première inquiétude passée, Ben eut d'autant plus de joie à revoir sa sœur et celui qu'il considérait comme son frère. Les retrouvailles furent chaleureuses, chacun questionnant l'autre sur sa vie depuis leur séparation. Ben voulait tout savoir sur l'attentat du King David, et Myriam dut user de toute son influence sur lui pour le dissuader de parler politique avec Jérémy. C'était le seul point de friction entre les deux hommes, Jérémy conservant pour Ben Gourion une admiration que les événements récents en Palestine n'avaient pas entamée.

Après quelques plaisanteries échangées sur le mariage de sa sœur, Ben emmena Myriam et Jérémy manger une bouillabaisse. Il avait choisi le restaurant le plus réputé de Marseille pour ce plat, délicieuse soupe de poisson, un classique de la cuisine provençale. Cela les changerait de la carpe farcie, ce plat typiquement ashkénaze qui faisait la fierté de tant de maîtresses de maison en Palestine.

Ben était heureux de se trouver dans un grand port, d'observer l'activité des dockers, la foule bigarrée qui parcourait les quais. Levantins, Arabes, Grecs, Italiens, Espagnols, toutes les nations du bassin méditerranéen semblaient s'être donné rendez-vous dans la ville, sur laquelle veillait Notre-Dame de la Garde, la Bonne Mère comme l'appelaient les Marseillais.

Le dîner, qui eut lieu Chez Fanfan, l'un des établissements les plus luxueux de Marseille, se passa à merveille. Ben avait soudoyé le maître d'hôtel pour avoir la meilleure table, face à la mer. Le champagne coulait à flot, et un orchestre tsigane jouait pour les clients, dédiant à Myriam et Jérémy leurs airs les plus joyeux. Comme on était loin d'Ein Harod et de la Palestine ! Le service était bien sûr impeccable, et les trois jeunes gens ne virent pas le temps passer. On porta de nombreux toasts à la santé des futurs mariés, que Ben accompagnait de la formule hébraïque rituelle, « *Le Haïm* », c'est-à-dire « À la vie ».

Après le dîner, ils firent une longue promenade sur la Canebière et le Vieux Port, ne rejoignant leur hôtel que sur le coup de trois heures du matin. Ben, quelques jours auparavant, avait réservé deux chambres au Grand Hôtel de Noailles, le palace le plus réputé de Marseille. Il se disait que, décidément, la vie était belle, et que des soirées comme celle qu'il venait de passer avec Myriam et Jérémy pouvaient à elles seules justifier une vie. Ils auraient pu veiller jusqu'à l'aube mais, la fatigue du voyage aidant, ils décidèrent de se coucher sans plus attendre, exténués, mais ravis.

Le lendemain, après une grasse matinée réparatrice, Ben et Jérémy se retrouvèrent au bar de l'hôtel pour un apéritif. Myriam était sortie faire des courses en ville, ne résistant pas à la tentation de se livrer aux joies du shopping. Une activité qu'elle avait peu le loisir de pratiquer à Ein Harod. Ce n'était pas tous les jours qu'elle se trouvait en France, le pays de la mode et des parfums !

Restés entre hommes, Ben et Jérémy se lancèrent dans une discussion politique, mettant à profit l'absence de Myriam. Ben fit part à son futur beau-frère de ses dernières discussions avec Ben Gourion, et lui apprit que, le jour de l'attentat du King David, un agent double, un traître, s'était glissé parmi les hommes du commando.

Le nom de code sous lequel il était connu par le Mossad était Yanaï. Jérémy se remémora alors immédiatement la fébrilité et l'impatience de l'un de ses comparses, qui avait à plusieurs reprises essayé de téléphoner. En vain, puisque les consignes de l'Irgoun étaient strictes : les conjurés ne pouvaient se quitter sous aucun prétexte à partir du moment où l'action avait commencé.

Dans le feu de la discussion, Jérémy essaya de persuader Ben de revenir sur sa rupture avec Ben Gourion. « Le Vieux » faisait ce qu'il pouvait, dans des circonstances qui ne lui facilitaient pas la tâche. Mais, Ben devait en être convaincu, il n'avait en tête qu'un seul et unique but, le même depuis des années : l'indépendance de la Palestine.

Les magouilles inhérentes à la vie politique ne devaient pas dissuader Ben de poursuivre le combat. Après tout, la rivalité entre Ben Gourion et Begin était tout simplement le signe que les dirigeants sionistes avaient parfaitement assimilé les règles du jeu démocratique.

Ben Gourion préparait l'avenir, et était en possession d'informations qui faisaient défaut aux autres dirigeants sionistes, de moindre envergure. Ses relations privilégiées avec les Anglais étaient aussi un moyen de se garantir des vrais ennemis de la future nation juive, les pays arabes qui encerclaient la Palestine de toute part, et qui vouaient à l'État hébreu une haine mortelle. Sentant le désarroi de Ben, qui se laissait gagner par ses arguments, Jérémy porta l'estocade. Il invita son ami à New York, où il pourrait prendre du recul, ainsi que des vacances amplement méritées.

DEUXIÈME PARTIE

Chapitre 8

À New York, Alberto pensait non sans raison que le bonheur des uns fait parfois celui des autres, et que ce shabbatt-là serait à marquer d'une pierre blanche. En ce jour de novembre 1946 il s'était rendu à la synagogue du Bronx, qu'il fréquentait depuis qu'il était « griner » comme on dit en yiddish, c'est-à-dire émigrant tout juste débarqué sur son sol d'adoption. Il y avait retrouvé le rabbin, l'un de ses meilleurs amis et un guide sûr, dont il appréciait les conseils.

Il avait fait part de sa joie à l'homme de Dieu, et lui avait appris que, depuis l'avant-veille, son fils était de retour, après un long séjour passé en Palestine. Le rabbin avait partagé son bonheur, ajoutant finement :

– Je crois savoir qu'il n'est pas rentré seul ?

Cette remarque avait fait sourire Alberto, toujours étonné des voies tortueuses par lesquelles le saint homme se tenait informé de tout ce qui se passait dans la communauté.

– Oui, il est revenu en très bonne compagnie. Sa fiancée, une jeune fille de rêve, que j'aimerais te présenter, si tu me le permets. Et encore, Rebbé, tu ne sais pas tout. La fiancée de mon fils est la fille de l'homme avec lequel je me suis évadé, il y a maintenant trente ans, d'un bagne de Sibérie [1]. Tu vois comme le hasard fait bien les choses…

– Homme sans aveu ! Ce que tu appelles bêtement « le hasard », comme un mécréant que tu es, c'est la Providence, c'est la main de Dieu, qui nous guide sur les chemins de son choix. Tu sais Alberto, si tu m'écoutais plus souvent, à la longue, tu pourrais même devenir un Juif exemplaire…

Alberto se moquait éperdument de devenir un « Juif exemplaire ». Mais il voulait sonder le rabbin, savoir ce que cachait cette remarque.

– Où veux-tu en venir Rebbé ? Est-ce que tu insinuerais que je ne suis pas le meilleur Juif de la communauté par hasard ? Tu sais pourtant quelle a été mon obole cette année. Tu ne vas pas oser me dire que ce n'est pas assez !

– Qui te parle d'argent Alberto ! C'est shabbat aujourd'hui et, comme tu devrais le savoir, on ne parle pas affaires en ce jour sanctifié. Je voulais simplement dire par là que je souhaiterais, pour le salut de ton âme et le bien de ta famille, que tu oublies de temps à autre le *business*, comme on dit ici, et que tu viennes plus souvent te recueillir ici, dans ce lieu saint, pour y méditer et y prier. Et pas seulement le jour de Kippour, où tu viens exhiber ta prospérité insolente, au mépris du sens profond de la plus grande fête de notre religion. Tu verras, si tu veux bien m'écouter, tu deviendras sous peu un homme neuf. C'est toujours ce qui se passe quand on prend la décision d'aller au fond de soi et d'établir un lien sincère et humble avec le Très-Haut.

– Mais pourquoi me tiens-tu ce discours ? Tu me gâcherais presque ma journée, alors que pourtant j'ai le moral au beau fixe !

Ravi de son effet déstabilisateur sur un Alberto plus sûr de lui que jamais, le rabbin accepta l'invitation à dîner de

1. Voir *Le Hussard de l'espérance.*

l'homme d'affaires, avec qui il avait tant de souvenirs en commun. Il se rappelait encore sa générosité pendant la Prohibition, quand il lui avait demandé de bien vouloir partager les profits colossaux de ses activités illégales avec les pauvres du quartier dont il s'occupait [1].

– Écoute Alberto, tu le sais, ce soir c'est fête. Alors bien sûr, je viendrai partager votre repas, et j'en profiterai pour bénir le jeune couple que tu abrites. Je crois que la promise est née sur la Terre de Sion, et que son frère a combattu avec Jérémy en Italie [2] ?

Alberto était ravi, bien entendu. Pourtant il avait un autre service à demander au rabbin, un service de taille.

– Tu sais, Rebbé, ma femme se réjouit autant que moi de ce mariage, même si, comme pour toutes les mères juives, elle pense au fond d'elle-même que rien n'est jamais assez bien pour son fils. Mais ce qu'elle ne sait pas, c'est qu'elle va devenir grand-mère. Tu connais son rigorisme, son attachement aux convenances. Je suis sûr que si c'est toi qui lui annonces la nouvelle, ça se passera beaucoup mieux que si c'était Jérémy, Myriam ou moi. À nous elle serait capable de dire qu'on attend d'abord d'être marié avant de se connaître bibliquement. Avec toi elle n'osera pas tenir ce discours, elle aurait trop peur que tu la prennes pour une rombière cramponnée à un ordre moral d'un autre âge. Tu veux bien me rendre ce service ?

– Bien sûr Alberto, que je vais te le rendre ce service. Mais je dois te quitter. L'office va tout juste commencer.

Alberto, après avoir revêtu son châle de prière, avait regagné sa place. Il appréciait beaucoup les sermons de son ami le rabbin, dont le talent d'orateur savait mêler avec beaucoup d'habileté l'humour et la solennité, les principes éternels des

1. Voir *Les Aventuriers des nouveaux mondes.*
2. Voir *La Guerre à l'italienne.*

fils d'Israël et leur application concrète dans un monde qui avait bien changé depuis que, sur le Mont Sinaï, Moïse avait reçu les Tables de la Loi.

Ce jour-là, pendant l'office, le rabbin parla longtemps du combat que menaient les Juifs de Palestine, et incita les fidèles à prier afin que leurs frères établis sur la Terre que Dieu leur avait destinée sachent toujours s'éloigner de la confrontation et trouver les chemins du dialogue. Alberto trouva ce discours un peu trop optimiste, mais ce jour était un jour de fête inoubliable, et lui aussi voulait croire à la possibilité d'un dialogue, avec les Anglais comme avec les Arabes.

Depuis son retour à New York, Jérémy était un homme comblé. Rachel, sa mère, le premier moment de surprise passé, avait fait bon accueil à Myriam. Le jeune homme était particulièrement reconnaissant à Rachel d'avoir compris que sa fiancée était vraiment la femme de sa vie, et non pas l'une des nombreuses conquêtes qu'il lui avait présentées jusque-là. Deborah s'entendit tout de suite très bien avec sa presque belle-sœur, et toutes deux devinrent vite inséparables, au point de susciter chez Jérémy une certaine jalousie : « Vous n'allez pas vous mettre à comploter entre femmes, tout de même ! Si ça continue comme ça, Papa, Ben et moi nous allons passer toutes nos journées attablés à la terrasse des cafés, en nous racontant des histoires grivoises ! » Ben, qui avait accompagné à New York Myriam et Jérémy, était ravi de se trouver en Amérique.

Il s'était lié d'amitié avec Deborah qui, en deux jours, lui avait fait découvrir la ville. À Brooklyn il avait été enchanté de trouver une ambiance Mitteleuropa plus vraie que nature, avec ses « delikatessen » à chaque coin de rue et ses passants qui arboraient fièrement kippas et phylactères. Tout le monde y parlait yiddish, même les policiers affectés à la surveillance de la circulation. Sur les quais, Deborah lui fit visiter de curieux entrepôts, où se vendaient en vrac toutes sortes de marchandises à la moitié de leur prix habituel, car on n'en connaissait pas la provenance exacte !

En Amérique décidément le *business* était roi, et Ben ne put s'empêcher d'apprécier cette liberté prise avec la loi, pour le plus grand profit de tous, et particulièrement des New-Yorkais démunis. Deborah lui expliqua doctement qu'ici tout le monde pouvait s'enrichir, et que la démocratie, c'était aussi cela. Ici pas de barrières sociales imposées par la naissance et les castes d'origine, comme dans la vieille Europe. L'Amérique était un pays neuf, entreprenant, bouillonnant d'énergie, et qui donnait sa chance à tous. Du jour au lendemain le pauvre pouvait s'y enrichir, et s'agréger aux plus hautes sphères de la société.

Tout autre que Ben, avec une expérience de la vie déjà substantielle, eût été impressionné par Deborah. Grande, élancée, ravissante, d'une blondeur platine à la Jean Harlow, elle savait s'habiller avec élégance et, depuis la fin de la guerre, avait décidé de suivre à la lettre les dernières modes parisiennes.

Elle savait que son sourire était irrésistible, et exerça maintes fois ce pouvoir sur Ben, amusé de passer ses journées avec une jeune femme aux allures de star. Pour autant le succès de son père ne lui avait pas tourné la tête, et elle restait admirative devant le parcours d'Alberto qui, parti de rien, avait su créer de toutes pièces l'une des maisons de confection les plus prospères de la ville. Ses parents ne lui avaient jamais rien refusé, la gâtant outrageusement, et, à l'âge de dix-huit ans, elle avait arrêté ses études pour travailler dans l'entreprise familiale.

Mais Deborah avait également d'autres qualités. C'était une femme d'une intelligence supérieure, une femme de tête comme on dit, et elle l'avait prouvé dans son travail, qu'elle accomplissait à la satisfaction de tous. Ce trait de caractère plaisait particulièrement à Ben, qui avait toujours souhaité voir dans une femme son égale sur le plan intellectuel, une partenaire à part entière et non pas simplement une fée du foyer ou une odalisque lascive se consacrant au repos du guerrier.

Deborah avait créé un bureau de style qui faisait autorité sur la Côte Est, et diffusait la mode new-yorkaise jusqu'à Chicago et Los Angeles. Elle fit visiter à Ben les ateliers où travaillaient pour elle de nombreux stylistes, venus d'Europe pour la plupart. Ils fuyaient les restrictions qui persistaient en Europe malgré la fin du conflit, et avait trouvé à New York un eldorado tout prêt à adopter le chic Vieux Continent qui faisait tant défaut à cette nation d'hommes neufs. Ben s'était essayé à quelques coups de crayon, arguant de son expérience d'artiste peintre, sans cependant totalement parvenir à convaincre Deborah de ses talents de jeune créateur.

– Tu vois Ben, on peut être un grand artiste, composer de magnifiques tableaux, peindre quantité de chefs-d'œuvre, mais, crois-moi, la mode, c'est autre chose. C'est un métier, un vrai, qui s'apprend, comme tous les métiers. Comme je sais que tu es doué, si tu restes assez longtemps à New York, tu auras l'occasion de faire des progrès, je n'ai aucun doute là-dessus ! Et puis, comme tu le sais, j'ai beaucoup de relations dans ce milieu. Si tu le souhaites, je pourrais te présenter beaucoup de gens importants dans le métier, qui ne demanderaient sans doute pas mieux que de te mettre le pied à l'étrier. Avec une recommandation de ma part, tu penses bien, toutes les portes s'ouvriront devant toi !

Ben, très flatté de l'intérêt que Deborah lui portait, répondit à la jeune femme, jouant le jeu de ce qu'il sentait comme une invite extrêmement pressante à prolonger quelque peu son séjour new-yorkais.

– Tu penses vraiment que j'ai une chance dans ce genre de *job* ? Que je peux me faire une place au soleil dans le milieu de la mode ? Je me demande si c'est vraiment ma vocation… Je ne le crois pas. Tu sais, j'aime peindre, et à Paris ça marche assez bien pour moi, cela dit en toute modestie bien sûr. Mon marchand me dit toujours que ma cote monte régulièrement, et que j'ai un bel avenir dans ce métier, pourvu que je persévère et que je continue à travailler dur pour améliorer ma technique. Et puis, tu sais Deborah, la vie à Paris est loin d'être dénuée de charme… Tu connais la France, Paris, les châteaux de la Loire, la Riviera ?

C'est qu'avec la jeune fille Ben parlait beaucoup de l'Europe, et de Paris en particulier. Deborah dut le confesser, elle n'avait jamais quitté les États-Unis, et rêvait de se rendre dans la capitale française, qui restait la Mecque de la mode malgré la déclaration d'indépendance américaine dans ce domaine : pendant cinq longues années, les élégantes du Nouveau Monde n'avaient pas pu s'approvisionner rue de la Paix, avenue Montaigne ou rue du Faubourg-Saint-Honoré !

Alors Ben s'engouffra dans la brèche ouverte par l'aveu de Deborah, et poursuivit son avantage.

– Si je comprends bien, la grande et terrible femme d'affaires que tu es n'a jamais quitté ses parents, le doux et confortable cocon familial ! Tu n'as jamais poussé plus loin que la baie de New York, et tes expéditions les plus lointaines ne t'ont pas conduite au-delà de la statue de la Liberté ! Bravo ! Ce n'est déjà pas si mal, après tout…

Ben en profitait et taquinait gentiment Deborah sur son inexpérience, s'amusant à affecter à son égard des airs de grand frère protecteur. Mais Deborah ne se laissait pas faire, et savait remettre le jeune godelureau à sa place quand le besoin s'en faisait sentir.

– Oui, Ben, c'est cela, tu as parfaitement raison. Tu as tout compris, en véritable petit génie que tu es. Je ne suis qu'une pauvre cruche qui n'a jamais quitté le foyer familial, qui attend juste de passer de l'autorité d'un père à celle d'un mari. Je suis une fille obéissante tu sais ! Après tout, si cela te fait plaisir de m'imaginer comme ça... Je ne vais tout de même pas briser tes plus grands fantasmes ! Heureusement, d'ailleurs, que tu es venu d'aussi loin pour m'apprendre à vivre !

Ces discussions aux réparties aussi vives que caustiques, et leurs longues visites dans New York, qui avait tant à offrir à deux jeunes gens, avaient créé entre eux des liens très forts. Ben et Deborah décidèrent alors d'apprendre à mieux se connaître.

Pour le dîner de shabbat qu'ils organisaient, Alberto et Rachel avaient mis les petits plats dans les grands. Ils tenaient à ce que ce shabbat-là ne soit pas comme les autres, qu'il prenne un caractère très particulier, à la fois exceptionnel, solennel et chaleureux. Tous leurs proches avaient répondu à l'appel. Étaient présents les amis de toujours, comme Johnny Cohen, son éternel cigare vissé aux lèvres, et Tony Zampelli. Ce dernier faisait montre de la même élégance vestimentaire qu'à l'accoutumée, et étrennait ce soir-là une eau de cologne qu'il avait fait venir spécialement de Paris pour l'occasion.

On venait de passer à table, et c'est le Rebbé, bien évidemment, qui présidait le dîner. Après les prières d'usage, il donna le ton à tous les convives en prononçant une entrée en matière très émouvante, pas trop longue pour ne pas impatienter l'assistance, mais bien sentie, comme lui seul savait faire certains discours : en parvenant toujours à trouver les mots justes, et à conserver quelque chose de détendu à une ambiance qui se voulait malgré tout religieuse.

Chers tous,

Grâce à nos amis Alberto et Rachel, nous voici une fois de plus réunis, pour le meilleur bien entendu. Ce shabbat-là est un shabbat exceptionnel, vous l'avez tous compris. C'est que j'ai une nouvelle à vous annoncer, une bonne, une excellente nouvelle. Le fils de nos hôtes, Jérémy, ce Jérémy que nous avons tous vu naître et que nous considérons un peu comme notre fils, va se marier avec Myriam, sa fiancée, ici présente. Je vous demande de bien vouloir leur faire un triomphe, et de les applaudir. C'est qu'elle est doublement sa promise, puisqu'elle nous arrive tout droit de la Terre promise, de notre Terre Sainte de Sion. Alors à tous les deux je leur dis un grand, un très grand Mazel Tov.

Amen.

Alberto fut reconnaissant au Rebbé d'avoir été aussi bref. Connaissant son talent d'orateur, il aurait pu faire durer le plaisir, comme on dit. Myriam, elle, assistait à ce dîner comme en rêve, encore incrédule d'entrer bientôt dans une famille aussi unie, et qui l'avait accueillie de manière aussi simple et chaleureuse. Son seul regret était que ses parents ne puissent pas assister à ce dîner, et elle ne pouvait s'empêcher de comparer ce monde qu'elle s'efforçait de découvrir avec recul et lucidité au monde, si différent, dans lequel elle avait grandi.

Ici tout semblait tellement facile, tellement simple. Rien à voir, décidément, pensait-elle, avec l'univers du kibboutz d'Ein Harod, où chaque jour passé s'apparentait à une lutte pour la survie. Parmi les nombreux propos échangés autour de la table par les invités, elle entendit, dominant les autres voix, le timbre puissant de Johnny Cohen, qui parlait affaires avec Tony Zampelli. Comment les deux hommes pouvaient-ils avoir une conversation de cet ordre un soir comme celui-là, un soir de shabbat, le soir où son mariage avec Jérémy était officiellement annoncé à toute la communauté ? Myriam redoutait cependant l'effet émollient de l'atmosphère new-yorkaise sur sa combativité, et avait hâte de rentrer à Ein Harod, le lieu qui resterait à tout jamais son foyer.

À l'autre extrémité de la table, une conversation roulait sur le même sujet, les affaires, toujours les affaires, entre sa future belle-sœur et une dame plantureuse qui évoquait en détail la dernière commande qu'elle avait passée à Deborah.

– Sais-tu, ma chère Deborah, que tu es la plus chère du marché, et de loin encore ?

– C'est normal, tante Esther, puisque je suis la meilleure ! La preuve, c'est que tu te fournis exclusivement chez moi…

– La vérité, Deborah, est que je suis une vieille imbécile sentimentale. Si je ne me fournis que chez toi, c'est parce que je t'ai vue naître, que je t'ai fait sauter sur mes genoux, que je t'ai vue grandir. Je me laisse avoir à chaque fois ! Enfin parlons d'autre chose. On ne parle pas affaires un soir comme celui-là, tu le sais. Dis-moi, je me suis laissé dire que depuis quelque temps on te voyait beaucoup en compagnie d'un ami de ton frère…

– Chère tante Esther, il faut que tu saches qu'il s'agit du frère de sa fiancée.

La tante Esther n'en demanda pas plus : d'un seul coup, il semblait bien qu'elle avait tout « pigé ». Quant à Myriam, elle ne perdait pas un mot de cette conversation : elle aurait bien voulu en apprendre un peu plus sur les sentiments profonds de Deborah pour Ben, un sujet qui la passionnait presque autant que son propre mariage.

Après le dîner, le rabbin avait eu un aparté avec Rachel, qu'il avait attirée près de lui afin qu'ils soient seul à seul. Toujours diplomate, il avait choisi ses mots avec précaution, afin de mettre toutes les chances de son côté dans l'accomplissement de sa mission.

– Rachel, je te prie de me faire la grâce et l'avantage de me prêter…

Rachel l'interrompit sans aucun ménagement :

– Te prêter ! Te prêter ! Je ne te prête rien du tout, tu nous coûtes déjà bien assez cher comme ça ! Il ne se passe pas un jour sans que tu nous réclames quelque chose pour toi, ou pour l'un ou l'autre de tes nombreux protégés !

Le Rebbé avait souri dans sa barbe, finement, puis sur un ton qu'il voulait de la plus grande douceur, avait poursuivi :

– Tu ne m'as pas laissé terminer... Je souhaite simplement que tu me prêtes quelques minutes d'attention. Tu vois, ça ne te coûtera pas bien cher cette fois-ci ! Tu crois en être capable ?

Rachel pousse un soupir de soulagement, avant d'enchaîner :

– Rebbé, Rebbé, tu vas me faire mourir d'angoisse... S'il n'y a que cela pour ton service, pourquoi pas ! Il faut dire qu'aujourd'hui, tu es particulièrement facile à satisfaire ! Tu sais bien que pour moi ta conversation est toujours un véritable régal... Alors c'est décidé, ce soir je vais faire ma bonne action, ma *mitswa* comme on dit chez nous ! Parle, je t'écoute.

Le rabbin, malgré tout son talent de rhéteur, ne sait pas au juste comment s'y prendre pour être le porte-parole à la fois fidèle et efficace d'Alberto. Mais qu'est-ce qui lui a pris d'accepter cette mission ! Dans toute sa carrière, il a rarement été confronté à une situation aussi délicate. Mais le Rebbé est avant tout un homme de parole et, il le sait, il doit s'exécuter. N'a-t-il pas promis ? Alors il tousse légèrement, pour s'éclaircir la voix, avale un grand verre de vodka pour se donner du courage, et se jette à l'eau.

– Rachel, tu n'es pas sans savoir à quel point j'aime les femmes. Tu sais quelle admiration j'ai pour vous. Car sans vous, les femmes, les hommes ne seraient pas ce qu'ils sont, mais alors pas du tout. Et puis, c'est vous qui donnez la vie. La vie, cette formidable aventure, ce véritable don de Dieu, qui vous a choisies pour la transmettre.

Les paroles du Rebbé plongeaient Rachel dans la plus grande perplexité. Jamais jusqu'alors il ne lui avait tenu ce genre de discours. Perdant patience, elle ne put s'empêcher d'interrompre le messager de son mari.

– Viens-en au fait s'il te plaît. Que se passe-t-il ? C'est ta fille qui attend de nouveau un enfant ? Après tout ce sera son neuvième, tu en as l'habitude !

L'intervention inopinée de Rachel fit perdre patience à son interlocuteur :

– Non Rachel, ce n'est pas ma fille qui attend un heureux événement, mais Myriam, la jolie fiancée de ton fils ! N'est-ce pas un grand bonheur pour toi, et une grande joie pour nous tous ?

La révélation était de taille. Subitement, Rachel eut l'impression que le ciel lui tombait sur la tête. Comment aurait-elle pu se douter d'une chose pareille ? L'impression qu'elle se trouvait dans un mauvais rêve, plongée en plein cauchemar. En un éclair, le sourire bienveillant de son ami le Rebbé se transformait pour elle en un horrible rictus, quasiment diabolique. Elle avait envie d'insulter l'homme de foi qu'elle connaissait si bien, mais les mots n'arrivaient pas à franchir le seuil de ses lèvres.

– Répète un peu pour voir ? J'ai mal entendu ? Du moins c'est ce que je préfère penser !

Le rabbin crut un instant que Rachel était sur le point de perdre connaissance. Il avança un siège à son intention, avant de poursuivre :

– Mais Rachel, que se passe-t-il enfin ! Dieu est avec toi ! *Gott esye met dire*, comme on dit en yiddish ! Reprends-toi, je t'en conjure ! Oui, tu as bien compris, Myriam est enceinte des œuvres de ton fils. Cette nouvelle devrait te remplir de joie ! C'est vraiment un heureux événement, comme le dit l'expression consacrée, si juste en la circonstance ! Alberto, fou de bonheur, tenait à ce que ce soit moi qui t'annonce cette merveilleuse nouvelle ! Être grand-mère pour la première fois, cela ne comble pas tous tes désirs de mère de famille ?

Rachel ne put s'empêcher de penser que le rabbin ne tournait pas rond, qu'il avait soudainement perdu la tête. Comment, elle, Rachel Jackson, qui venait tout juste d'entrer dans son demi-siècle et que la plupart des gens prenaient pour la grande sœur de sa fille, allait devenir grand-mère, et d'un enfant conçu hors mariage qui plus est ? D'un coup d'un seul elle prenait vingt ans, un terrible coup de vieux pour une femme aussi coquette que Rachel, aussi soucieuse de son apparence physique.

Alors elle fit contre mauvaise fortune bon cœur, et décida de ne pas faire au Rebbé le plaisir de lui montrer son dépit. Et, de l'air le plus naturel dont elle était capable, parvenant à maîtriser sa rage en faisant sur elle-même des efforts surhumains, Rachel s'entendit répondre à l'homme de Dieu :

– C'est l'émotion, Rebbé. Juste l'émotion, ne m'en veux pas. C'est formidable. Je suis ravie de savoir que sous peu je vais avoir un petit-fils, ou une petite fille d'ailleurs. Tu as parfaitement raison. C'est le cycle de la vie qui se perpétue, rien de plus normal n'est-ce pas ?

Le rabbin était soulagé de voir sa mission se terminer par un succès aussi éclatant auprès de Rachel. Cette année, il en était sûr, le chèque qu'Alberto signerait pour ses œuvres serait plus conséquent que d'habitude ! Alors, sûr de lui et le verbe conquérant, il conclut leur conversation en disant à Rachel :

– Ainsi va la vie... Il va falloir que tu t'y fasses, ma chère, tu vas avoir un grand-père dans ton lit !

C'était compter sans le sens de la repartie de Rachel qui, cinglante, lui décocha un de ses traits les plus acérés :

– Tu n'y es vraiment pas, Rebbé... C'est Alberto qui aura une grand-mère dans son lit, tu ne crois pas ?

Après le départ du rabbin, les hommes passèrent dans ce qui tenait lieu de fumoir, un petit salon amoureusement meublé et décoré par Rachel, qui y avait exposé tous les souvenirs familiaux qu'en quelques décennies de mariage avec Alberto elle avait pu accumuler. Après les liqueurs ne restaient plus dans la pièce, outre Alberto, Jérémy et Ben, que Johnny Cohen et Tony Zampelli. L'avocat et l'homme d'affaires, mis en train par la bonne chère, tentaient de convaincre Jérémy de devenir leur associé.

La conversation était très animée, et il faut bien dire que les arguments qu'employaient Johnny et Tony étaient plutôt convaincants.

– Jérémy, tu sais que nous n'allons pas tarder à nous retirer des affaires, et qu'il nous faut un successeur digne de confiance. En un mot un homme de ta trempe, qui n'a pas peur de prendre des risques. Pouvons-nous compter sur toi ? Tu es sur le point de te marier. Nous t'offrons une situation en or pour un jeune qui débute dans la vie. Et puis, tu le sais, une fois marié, les enfants suivent très vite…

Jérémy était sensible à la confiance qu'on lui témoignait, ainsi qu'au poste qu'on lui offrait. C'est vrai, même s'il avait postulé dans les cabinets d'avocats les plus prestigieux, il n'aurait jamais reçu l'offre que Johnny Cohen et Tony Zampelli venaient de lui faire. Pourtant quelque chose le retenait d'accepter. Quelque chose de plus important qu'une carrière, de plus fort que l'envie de suivre les traces de son père dans le monde des affaires. Son père justement. Il avait bien envie de suivre ses traces, mais des traces plus anciennes, qui dataient d'avant son arrivée aux États-Unis. Des traces indélébiles, qui avaient rougi de son sang le sol de la Terre promise.

– Je suis sensible à la proposition que vous me faites, et suis parfaitement conscient de la chance que vous m'offrez. Mais il faut que vous sachiez que j'ai un autre travail, qui me tient encore plus à cœur. Ce travail, je l'ai commencé en Palestine, avec Ben, et je veux le terminer. Je veux voir le jour où cette terre, notre terre, sera indépendante, et offrira à tous les Juifs du monde un asile inviolable. N'oubliez pas que j'ai libéré les camps nazis en Europe. Ce que j'y ai vu est pire que tout ce que vous avez pu lire sur ce sujet. Qu'a fait pour eux l'Amérique ? C'est vrai, elle s'est portée à leur secours. Juste un peu trop tard cependant. Je ne veux pas que l'on puisse dire que je serai arrivé trop tard si jamais de tels dangers pour notre peuple devaient renaître. Vous devez me comprendre : c'est là qu'est ma vraie priorité.

Alberto ne perdait pas une parole du discours prononcé par son fils. Il se revoyait au même âge, animé par les mêmes sentiments. Oui, lui aussi y avait cru, à cette Terre promise qu'il suffisait de cultiver pour qu'elle porte les fruits du Jardin d'Eden. Lui aussi avait cru à une coexistence paisible et harmonieuse avec les Arabes, qui leur avaient succédé dans ce lieu à jamais sacré pour le peuple juif. Mais il gardait pour sa patrie d'adoption, les États-Unis, une reconnaissance que rien ne pouvait entamer. Alors il ne put s'empêcher de dire quelques mots à ce sujet à Jérémy, des mots qui venaient du cœur, des mots qu'il voulait sincères et convaincants.

– Jérémy, je te comprends, comme nous tous ici d'ailleurs. Mais tu es américain, autant que moi, plus que moi à vrai dire. Car toi, tu es né ici, sur le sol de ce qui pour moi est une patrie d'adoption, dont je ne suis pas originaire. Tu es citoyen américain, l'Amérique aussi, l'Amérique surtout est ton pays ! Je ne sais pas si tu mesures la chance que tu as de faire partie de cette grande nation, qui est un phare pour tous les pays du monde, du moins les pays qui cherchent à se diriger vers le progrès et la modernité, à emprunter les chemins de la démocratie et de la justice pour tous. C'est ici qu'est ta patrie, ici et pas ailleurs. Une patrie dont tu peux être fier : combien d'hommes de par le monde donneraient tout ce qu'ils ont pour être citoyens de ce pays ! Combien d'hommes ont été accueillis ici, alors qu'ils n'avaient rien, et qu'on leur a permis de réaliser tous leurs rêves ! Je ne peux pas oublier que ce pays est celui qui m'a donné toutes les chances, qui a fait de moi un homme libre, un homme riche, un homme respecté et estimé de tous, un homme au sens le plus noble du terme. Alors tu sais, Jérémy, je n'oublie rien. Je ne veux rien oublier de ce que j'ai pu vivre en Russie ou en Palestine, mais je ne veux rien oublier non plus de ce que j'ai vécu ici, et de ce que je continue de vivre avec vous tous, avec ma famille que j'ai fondée ici, à l'endroit où j'ai posé mes valises d'éternel émigrant pour fonder un foyer. Crois-moi, j'ai fait mon choix. Et depuis longtemps déjà. Ce choix, c'est l'Amérique, sans retour ni regrets, bien au contraire.

Voilà pourquoi, les responsabilités familiales venant, Alberto avait fait un autre choix qu'Andreï Parocki [1]. Son Israël à lui, c'était le port de New York, cette ville cosmopolite entre toutes qui pesait d'un bon poids dans la vie de la communauté juive à l'échelle de la planète. Cette ville, les antisémites ne l'avaient-ils pas surnommée « Hymey Town », « Youpinville » comme ils disent dans leur jargon ? Alors Alberto comprenait son fils et, bien plus, dans son for intérieur, ne pouvait malgré tout s'empêcher de l'approuver. Et tant pis si, en cas d'accident survenu à leur fils en Palestine, probabilité que l'on ne pouvait pas totalement écarter, Rachel devait l'en tenir pour responsable.

Restait à régler la question du lieu du mariage de Myriam et de Jérémy. New York, Ein Harod, Tel Aviv ou Jérusalem ? Après un long débat, il fut décidé qu'il y aurait deux cérémonies, l'une à New York et l'autre à Ein Harod. Ainsi les deux familles pourraient-elles réunir parents et amis sans avoir à entreprendre de voyage transatlantique. Jérémy n'avait-il pas dit à son père : « Après tout, deux fêtes valent mieux qu'une, et ce serait original de célébrer deux fois le

1. Voir *Le Hussard de l'espérance.*

même mariage dans des lieux différents, tu ne penses pas ? »

Johnny Cohen avait approuvé, le visage perdu dans la fumée de son cigare, et Tony Zampelli n'avait pas pu s'empêcher, observateur comme il l'était, d'aller un peu plus loin encore :

– Alberto, il n'a pas tort ton petit. Et d'ailleurs, si tu veux, pourquoi ne pas marier Ben avec ta fille ? Tu ferais d'une pierre deux coups, ça te ferait faire des économies et te procurerait d'efficaces soutiens pour tes vieux jours, qu'en dis-tu ?

Le sens de l'humour très direct de Tony déroutait parfois Alberto : Zampelli avait toujours eu le don de le surprendre, entraînant sa pensée sur des chemins où, seul, il n'aurait jamais eu l'idée de s'aventurer.

– Pour cela, répondit-il à son vieux complice, encore faudrait-il que Ben et Deborah soient d'accord ! Il faut tout de même leur demander leur avis, c'est la moindre des choses, tu ne penses pas Tony ? Mais après tout, tu es peut-être mieux renseigné que moi !

– Tu es aveugle, Alberto, ou décidément tu ne veux pas voir ? Ils sont toujours ensemble ces deux-là, il n'y a vraiment bien que toi pour ne pas t'en être rendu compte ! Sincèrement, je pensais que tu étais au courant ! Comment ça, une idylle se noue sous ton toit, dans ton foyer, entre ta fille et le meilleur ami de ton fils, et tu ne t'en aperçois même pas ?

Alberto se tourna alors vers Jérémy :

– Dis-moi mon fils, sincèrement, soyons sérieux une minute, Ben et Deborah, tu crois que c'est une affaire qui marche ?

– Ben ne m'a rien dit, papa. Enfin pas encore. Mais tu devrais jeter un coup d'œil de l'autre côté du salon.

On dit que les amoureux sont seuls au monde. Et ce soir, dans la maison des Jackson, c'était vrai. Les deux jeunes gens étaient plongés dans une conversation qui les absorbait totalement, leur faisant oublier qu'ils étaient en société, et non pas à un rendez-vous galant clandestin. Deborah faisait avec Ben des projets d'avenir, organisant déjà, en maîtresse femme qu'elle était, leur future vie commune.

– Ben, ce serait formidable, je t'assure. Tu vas dire que j'enfile des clichés comme d'autres des perles mais, sincèrement, je suis convaincue que nous sommes faits l'un pour l'autre. Bien sûr tu as d'énormes défauts. Il faudra que je veille à les corriger et, crois-moi, c'est un job à plein temps, au minimum. Je n'aurais pas assez d'une vie commune avec toi pour y parvenir. De toute façon, j'en suis certaine, à mon contact tu t'amélioreras très rapidement. Tu as d'énormes progrès à faire, sais-tu ? Regarde mon père, quand il est arrivé aux States. Il ne comprenait rien à rien, puis il a rencontré ma mère. C'est elle qui l'a formé. Encore aujourd'hui, je me demande s'il en est conscient d'ailleurs. Tu sais, Ben, ce sont les femmes qui façonnent les hommes, qui savent, par des moyens connus d'elles seules, faire éclore ce qu'il y a de meilleur et de plus vrai en eux.

Ce verbiage de petite fille gâtée et prétentieuse amusait autant Ben qu'il l'agaçait.

– Sais-tu, Deborah, que jamais ma mère n'a osé parler à mon père de cette manière ? Je vais t'apprendre ce qu'est un homme, un vrai. Tu verras, à mon contact toi aussi tu feras d'énormes progrès.

– Je te l'accorde, Ben, ton père est sans aucun doute un homme exceptionnel.

– Je te le concède, Deborah, mais n'oublie pas trop vite que je suis le digne fils de mon père. Et puis, comme tu le sais, les chiens ne font pas des chats !

Deborah comprit rapidement qu'il ne fallait pas « chercher » Ben sur ce terrain-là, et qu'elle avait fait fausse route en croyant qu'elle pourrait le traiter en petit garçon.

– Ne prends pas tout au premier degré, Ben, s'il te plaît ! Je te dis les mots d'amour les plus tendres, et on dirait presque que ça te met mal à l'aise ! Si je te dis tout ça, si je suis d'une telle franchise avec toi, c'est que je t'aime, tout simplement. Tu comprends ? Tu ne réponds rien, je ne te plais pas peut-être ?

Ben, bien au contraire, ne demandait qu'à se laisser convaincre. Même s'il trouvait que Deborah était un peu trop sûre d'elle-même, comme le sont souvent ceux qui ont l'habitude de tout obtenir sans effort. Son assurance le désarçonnait, lui donnait l'impression qu'elle était maîtresse du jeu.

Bien sûr qu'elle lui plaisait, Deborah ! Ben se disait qu'il avait rencontré en elle une femme belle, intelligente, volontaire, forte, et issue d'une famille assez riche et influente pour pouvoir l'assister efficacement dans le combat qu'il menait. Il se laissa néanmoins le temps de la réflexion avant de répondre à la jeune femme, qui s'impatientait.

– Ce n'est pas le problème, Deborah. Bien sûr que tu me plais. Mais je ne te connais que depuis quelques jours. C'est bien peu pour se faire une idée exacte de la femme qu'on va épouser ! Et puis, tu sais, ton caractère d'enfant gâtée…

– Ben, permets-moi de te dire que tu n'as rien compris. Mais alors vraiment, vraiment rien du tout. Fais un effort pour comprendre, je t'en conjure. Sache que je n'ai jamais dit à un autre homme que je l'aimais, que tu es le tout premier à qui je fais cet aveu. Et, crois-moi, il ne s'agit pas d'un caprice d'enfant gâtée, loin de là. J'aimerais simplement que ce soit réciproque. Tu vois, c'est aussi simple que cela.

En attendant la réponse de Ben, Deborah jeta un coup d'œil dans la direction opposée, vers la partie du salon où se trouvaient Alberto et Jérémy.

Les deux hommes semblaient se diriger vers eux. Ben poussa un soupir de soulagement, pas fâché d'échapper à l'emprise de Deborah par ce renfort providentiel. Il en profita pour essayer de gagner du temps, de différer sa réponse, en fin stratège qu'il était :

– Ma chérie, voici ton père et ton frère. Nous reparlerons de tout ça un peu plus tard, si tu le veux bien.

Deborah, qui détestait perdre, ne s'avoua pas vaincue. Tout sourire, elle demanda à celui en qui elle voyait son futur mari :

– Juste un mot, Ben, un seul : oui ou non ?

Il est plus que probable qu'elle dut entendre un « oui » distinctement prononcé, car, sans se démonter, Deborah se tourna vers Alberto et Jérémy, les gratifiant d'une surprise de son cru.

– J'ai une excellente nouvelle à vous annoncer à tous les deux. Ben et moi venons de nous fiancer. N'est-ce pas, darling ?

Ben reçut ce discours comme une douche froide, qui le glaçait de la tête aux pieds. Décidément, cette fille ne manquait pas de culot. Elle l'avait pris de vitesse, et dans les grandes largeurs. Avant même qu'il ait repris ses esprits, Jérémy tombait dans ses bras pour le féliciter.

– C'est vraiment du beau travail. Vite fait bien fait. Tu sais que je t'ai toujours considéré comme mon frère. À présent il va falloir m'habituer à ce que tu sois aussi mon beau-frère…

Alberto se joignit à la conversation, disant, l'air radieux :

– Mais ce n'est pas grave ! Je suis sûr qu'on va tous s'y faire très vite, n'est-ce pas les amis ?

Personne d'ailleurs n'en doutait dans l'assistance, et surtout pas Johnny Cohen ou Tony Zampelli.

Seule Rachel manifesta une certaine surprise, saisissant fébrilement le bras de son époux et lui murmurant à l'oreille, dans un soupir :

– Cette fille me fera mourir. Tu te rends compte, Alberto, il y a deux jours à peine elle venait encore pleurnicher dans mes jupes pour me dire que ce garçon était impossible à vivre, et qu'elle avait hâte de le voir repartir. Et aujourd'hui, elle nous annonce leurs fiançailles ! C'en est trop, vraiment trop ! Elle exagère, non, qu'en penses-tu ?

Alors oui, vraiment, il semblait qu'en fait de mariage il était bien possible qu'on en célébrât deux : celui de Ben et Deborah, en plus de celui de Myriam et Jérémy. En d'autres termes, le rabbin du Bronx était bien parti pour assister à un nouveau dîner de shabbat chez les Jackson, pour y bénir un second couple. Et pour y prononcer de nombreux, de très nombreux « *Mazel Tov* » et « *Shimen Tov* ».

Chapitre 9

Les jours qui suivirent ce dîner de shabbat mémorable furent pour tous des journées bien remplies. Pendant que Rachel, Myriam et Deborah s'occupaient du double mariage qui n'allait pas tarder à être célébré, Ben et Jérémy parcouraient les États-Unis, donnant un cycle de conférences alternant avec des dîners de charité. Ils avaient choisi les villes comptant une communauté juive substantielle, et y levaient des fonds pour la cause de l'indépendance de la Palestine. À l'occasion de leurs conférences comme lors des dîners ils portaient leur uniforme d'officiers de l'US Army : en Amérique, le patriotisme fait toujours recette.

Partout ils tenaient le même discours, insistant particulièrement sur un point : la générosité dont faisaient preuve les notables de la communauté n'était rien en comparaison du sacrifice des Juifs de Palestine qui, eux, acceptaient de verser leur sang pour un combat qui unissait par-delà les frontières tous les fils d'Israël, où qu'ils soient. Jérémy allait même un peu plus loin, refusant ostensiblement de remercier les généreux donateurs : il fallait leur faire comprendre de la manière la plus concrète possible que c'étaient eux qui étaient redevables aux combattants de la Terre promise, et pas l'inverse.

Et les deux jeunes gens n'hésitaient pas à mettre les points sur les i, au cas où leurs interlocuteurs n'auraient pas vraiment saisi le sens de leur pensée : la générosité était la plus grande force de l'homme, même si, pour s'acquitter de ce devoir, ce dernier devait parfois aller contre sa nature profonde. Alors quand ils récoltaient des fonds, Ben et Jérémy n'attendaient qu'une chose, que les donateurs potentiels prouvent par des actes qu'ils participaient sincèrement à la défense de la même cause. Et le plus étonnant était que ça marchait, tous les invités à ces conférences ou à ces dîners de charité applaudissant à l'énergie communicative des deux jeunes gens, et à leurs méthodes franches et directes, qui les changeaient de l'obséquiosité que leur richesse inspirait trop souvent.

Ben quant à lui avait écrit à ses parents pour leur annoncer son mariage, et leur avait fait part de son bonheur, qu'il souhaitait sincèrement voir partagé par Andreï et Sarah. Il avait particulièrement insisté sur le respect mutuel qui régnait dans le couple qu'il formait avec Deborah, et sur la maturité de la jeune femme. Toute gâtée qu'elle soit, elle n'avait rien de la « Jewish American Princess » qui jette par caprice son dévolu sur un homme.

C'était une personne réfléchie, généreuse, qui n'avait jamais fait sentir à Ben leur différence de fortune, et qui avait refusé toutes les minauderies et tous les jeux pervers auxquels bien d'autres jeunes filles auraient eu recours pour séduire celui qu'elles convoitaient. Ben demandait aussi à ses parents des nouvelles de la situation en Palestine, même si bien sûr il se tenait régulièrement informé sur ce sujet par la lecture des journaux. Mais il savait bien que son père disposait d'informations qui ne trouvaient pas toujours leur écho dans la presse, et à ce titre attendait impatiemment la réponse de ses parents.

Cette réponse lui parvint deux semaines plus tard, Andreï et Sarah ayant écrit à leur fils une lettre « à quatre mains » :

Mon cher fils,

Ici le combat continue, et je souhaite que les Anglais finissent par comprendre que nous ne sommes pas là par hasard, et que les jours de leur présence en Palestine sont comptés. Actuellement nous approfondissons nos contacts avec l'émir Abdallah de Transjordanie, le fils de l'ancien chérif de La Mecque chassé du Hedjaz par les Saoudiens, qui rêvait d'un grand royaume arabe unifié sous l'égide de la Grande-Bretagne. Lui aussi trouve que son allié devient encombrant et ne tient pas ses promesses. Il escomptait le plus sérieusement du monde inclure le territoire de la Palestine dans son royaume.

Comme si l'Irak et la Transjordanie ne formaient pas déjà une puissance suffisante à l'échelle de la région ! Et s'il veut augmenter encore son influence, qu'il jette son dévolu sur la Syrie, que les Français viennent de quitter en catastrophe, et pas sur notre terre. Après tout, s'il réussit à annexer la Syrie à son État, il n'aura fait que réaliser, une génération plus tard, le rêve de son père. Il va falloir « négocier serré », comme on dit, et lui faire comprendre que la Palestine n'est pas à partager. Je pense sincèrement que c'est un homme avec qui on peut s'entendre sur l'essentiel. Pour le moment, il accepte notre argent, et en échange nous acceptons son « amitié » : ce sont les dessous de la politique, et j'ai bien du mal à m'y faire.

Comme tu t'en doutes ces contacts que nous avons noués ont lieu dans le secret le plus absolu, aussi bien pour ne pas éveiller la méfiance des Britanniques que pour éviter d'agiter un chiffon rouge devant les extrémistes des deux camps. Tu sais comme moi que, dans notre région, on passe assez facilement, et assez brutalement, de vie à trépas. L'émir Abdallah a d'ailleurs déjà été l'objet de menaces précises de la part du Comité arabe, qui a appris que l'Agence Juive lui versait, dans le plus grand secret, une rente annuelle qui lui permet de donner libre cours à ses goûts fastueux.

Ce Comité, qui rassemble les plus enragés des antisionistes, a déclaré à qui voulait l'entendre que « le descendant du Prophète s'était vendu aux Juifs, et qu'il fallait prendre des mesures en conséquence ». Je pense néanmoins que c'est un interlocuteur crédible, même si lui aussi est obligé de louvoyer entre différentes factions rivales, et que sa vénalité est plutôt de mauvais augure. Je préfère me souvenir de ses paroles : « Au nom de mon défunt père je jure de ne jamais trahir mon peuple, et c'est pour son bien que je souhaite parvenir à une entente avec le peuple juif. »

Il a obtenu de Londres de porter le titre de « roi » et non plus seulement celui d'émir, et, depuis peu, il se montre favorable à notre projet de partition de la Palestine : il obtiendrait pour son nouveau royaume les régions majoritairement peuplées par les Arabes, et reconnaîtrait l'existence d'un État d'Israël pleinement souverain sur le reste du territoire. Par ailleurs il servirait d'intermédiaire avec les autres pays arabes afin que ceux-ci reconnaissent l'indépendance de l'État hébreu, et s'engagent à respecter son intégrité territoriale. En fait, aujourd'hui, nous le considérons comme l'un de nos agents.

Cela fait bien sûr le désespoir des Britanniques, mais, en ce qui me concerne, je ne peux m'empêcher de considérer que l'émir Abdallah est d'abord un homme de bon sens, même s'il n'est pas exclu que nous soyons amenés à servir ses ambitions. Il joue les cartes qu'il a en main avec une grande habileté, et le contact privilégié que nous avons avec lui peut être très utile pour l'avenir. Après tout il n'est pas encore roi, et nous ne formons pas encore une nation. Mais comme tu le sais l'espoir fait vivre, et avec le soutien de nos amis américains, dont la générosité est décuplée par le beau travail que vous faites aux States, nous avons toutes les chances d'y parvenir.

Pour passer à des sujets moins épineux, sache que nous nous réjouissons sincèrement de ton bonheur et que nous sommes impatients de te revoir, toi et ta charmante fiancée. Quand et où vous mariez-vous ? Nous souhaiterions pour notre part que votre mariage ait lieu à Ein Harod, dans le kibboutz où tu as grandi. Ne manque surtout pas d'exprimer à Rachel et à Alberto le bonheur qui est le nôtre. Ce double mariage, entre deux familles déjà unies par tant de liens, c'est vraiment formidable. D'ailleurs, quand Alberto a quitté la Palestine, j'ai eu l'impression que l'on m'arrachait une partie de moi-même.

Nous te félicitons également pour l'excellent travail que tu accomplis aux États-Unis : sache qu'une grande partie des fonds que Jérémy et toi récoltez est déjà parvenue ici, et que cela nous aide beaucoup dans le combat que nous menons. Nous te chargeons de dire à Alberto et Rachel que nous partageons leur joie, et que nous les remercions pour l'accueil qu'ils vous ont réservé, à toi et à ta sœur Myriam. Je te fais confiance pour trouver les mots les plus appropriés.

Il faut absolument, j'insiste sur ce point, que vos noces aient lieu sur notre Terre promise. J'espère que tu arriveras à les convaincre de venir nous rendre visite en Palestine à l'occasion de ton mariage avec leur fille. Dis bien à Alberto que le pays a beaucoup changé ! Il ne va pas reconnaître la terre qu'il a laissée et, aujourd'hui, ce que nous en avons fait vaut vraiment le détour. Cela étant, ta mère et moi, nous avons un peu l'impression d'être abandonnés, seuls ici sans nos enfants. Alors revenez le plus vite possible, tous les deux, tous les trois ou tous les quatre. Nos pensées les plus chères vont vers vous, sache-le bien. Très affectueusement, mille baisers.

Andreï et Sarah

Après la lecture de cette lettre Ben était partagé entre le plaisir de voir son mariage causer autant de joie à ses parents et l'inquiétude sourde que lui inspiraient les nouvelles reçues sur l'évolution de la situation en Palestine. Il décida, pour une fois, de cesser de jouer au patriote exemplaire, et de se laisser aller à son bonheur tout neuf. Il avait réussi à faire la conquête de sa future belle-mère, ce qui constituait quasiment un exploit. Car, quels que soient les efforts que faisait Rachel pour le cacher, sa déception n'avait échappé à personne. Elle aurait souhaité pour sa fille un mariage mieux assorti socialement, et ne pouvait s'empêcher de regretter que Ben ne soit pas ce que l'on appelait un « beau parti ».

Elle s'était confiée sur ce point à Alberto, qui avait ri des réticences de sa femme, et avait pris plaisir à lui rafraîchir la mémoire : « Rappelle-toi Rachel, il y trente ans, nous n'avions rien. Nous avons tout bâti pendant notre vie commune. Alors est-ce que tu crois que tu peux te permettre ce genre de regret, comme si Ben était un va-nu-pieds, et comme si Deborah était issue de la fine fleur de l'aristocratie européenne ? Je t'ai trop gâtée, c'est de ma faute. Je n'aurais jamais cru qu'un jour tu serais en passe de partager ce genre de snobisme, que je t'ai si souvent entendu condamner quand il était exprimé par d'autres.

Tu te souviens de ta réaction lorsque Bethsabée Dreyfus ne voulait pas que son fils épouse Delilah Cohen-Solal uniquement parce que cette dernière venait d'une famille peu fortunée, et séfarade de surcroît ? Tu avais dit que nous ne formions qu'un seul peuple, et que notre grande force était notre capacité à changer le monde, à agir sur le réel. Pauvre comme Job un jour, riche comme Crésus le lendemain. Tu as déjà oublié ? Mais il est vrai que ce n'était pas de tes enfants qu'il était question. Alors, si tu me permets cette remarque, fais-moi plaisir et oublie ces récriminations de belle-mère abusive. Et n'oublie pas tout ce que j'ai partagé avec le père de Myriam et de Ben. »

L'affaire était entendue, il ne restait plus à Rachel qu'à s'incliner. Elle eut l'occasion de faire preuve de sa bienveillance envers Ben et Myriam quelques jours plus tard, lorsqu'il fut question de la double cérémonie de mariage. Il avait déjà été convenu qu'il y aurait deux cérémonies, l'une à New York et l'autre en Palestine. Mais pour ne pas frustrer Andreï et Sarah d'être témoins du bonheur de leurs enfants lors du premier échange des consentements, Rachel proposa, lors d'un conseil de famille élargi à Ben et Myriam, d'inviter leurs parents à New York. Cela permettrait en outre à Alberto de revoir le couple qui était sans doute le plus proche de lui malgré l'éloignement géographique, et en l'absence duquel il n'aurait pas considéré le mariage de ses enfants comme un jour de joie sans mélange. On décida que les deux mariages, célébrés en même temps, auraient lieu en janvier 1947, histoire de bien commencer l'année, et que la réception aurait pour cadre les salons de l'hôtel Waldorf Astoria, statut social oblige.

Le mariage fut somptueux. Les salons du Waldorf-Astoria exhalaient le parfum des centaines de fleurs qui décoraient ses salons, et Alberto avait engagé pour l'occasion trois orchestres différents, de trente musiciens chacun, qui jouaient en alternance des mélodies américaines à succès et, tradition oblige, les airs nostalgiques de la musique de son *Yiddishland* natal. Il avait su se montrer grand seigneur, et le faste de la réception étonna même les plus blasés des New-Yorkais. Oui, il avait bien fait les choses, Alberto, et il n'avait rien refusé à Rachel. Aussi ce mariage créa-t-il l'événement, et la presse en avait parlé. Alors bien sûr, les invités étaient venus nombreux, très nombreux, malgré la neige et le froid de ce jour de janvier.

La cérémonie religieuse avait eu lieu précédemment dans la synagogue du Bronx où la famille Jackson avait ses habitudes, et le Rebbé ami d'Alberto n'était pas peu fier d'unir en même temps les deux enfants de son ami, le plus généreux des mécréants de la ville. Après tout n'avait-il pas, voilà maintenant plus d'un quart de siècle, uni dans le même lieu Alberto, qui s'appelait alors Michka, et son épouse Rachel ? Il dit à son vieux complice Alberto : « Tu sais, c'est un grand jour pour nos enfants. Mais pour moi, c'est un moment encore plus fort. J'ai beaucoup de mal à trouver les mots pour exprimer ce que je ressens. Quand je pense que dans ce lieu, où je t'ai uni avec Rachel il y a vingt-cinq ans, je vais marier tes deux enfants ! »

Les centaines d'invités n'avaient pas tous pu pénétrer à l'intérieur du lieu de culte, et Alberto avait pris sur lui de faire diffuser les chants rituels à l'extérieur du bâtiment par l'intermédiaire de haut-parleurs. Toujours les émetteurs radio ! Il était loin le temps où le petit immigré juif avait débarqué à New York sans un dollar en poche, muni d'un faux passeport. Et, malgré ses doutes métaphysiques, Alberto se prit à croire aux paroles du Rebbé quand il lui avait dit : « Dieu est avec toi. » Ces quelques mots, si simples, du rabbin l'avaient profondément touché. Oui, vraiment, il suffisait qu'Alberto jette un coup d'œil autour de lui pour réaliser qu'en vérité, ce jour était béni.

Ce double mariage constituait bien son jour de gloire, à lui qui était un homme à qui, en terme de respectabilité, ne manquait que de voir ses enfants établis au mieux. Autour des deux familles réunies, Jackson et Parocki, se trouvaient en ce jour tous ses amis, tous ceux qui l'avaient aidé à avancer sur le chemin de la vie. Johnny Cohen et Tony Zampelli en tête. Homme comblé, Alberto ne disait-il pas souvent, d'ailleurs, « je ne suis riche que d'amis » ? C'est vrai, Alberto pouvait se montrer fier du travail accompli.

En dépit du succès, qui était venu très vite, il avait su rester simple malgré tout. Malgré la fortune, malgré le soutien que recherchaient auprès de lui nombre d'hommes politiques. Sarah et Andreï arrivaient à peine à croire à leur bonheur, et avaient peur de se trouver dans un songe, qui s'évanouirait lors d'un réveil douloureux. Alberto, tout à la joie d'être à nouveau avec ses plus vieux amis, sut trouver les mots pour dissiper leur inquiétude : « Aujourd'hui, je vous assure que nous ne sommes pas dans un rêve. Vous pouvez me croire.

Aujourd'hui il faut tirer un trait sur le passé, sur les épreuves douloureuses que nous avons pu vivre. Il faut nous tourner vers l'avenir, résolument. Et l'avenir, ce sont nos enfants, à présent unis par les liens du mariage. Pour nous, parents, qu'est-ce que le bonheur, si ce n'est celui de notre progéniture ? Nous ne pouvons nous estimer satisfaits que si nous voyons que nos enfants sont heureux. Et, croyez-moi, ce bonheur, je vais m'employer d'arrache-pied à le leur procurer. À propos de bonheur, le visage radieux de nos quatre mariés en ce jour nous a d'ailleurs prouvé que nos enfants en prennent le chemin sans rien attendre de nous, et c'est très bien ainsi. C'est la loi de la vie, la relève des générations qui veut ça. »

Et, tandis que l'orchestre attaquait un formidable « *Roussen et Kalé Mazen Tov* », Alberto avait entraîné Sarah dans une farandole effrénée, avant que n'intervienne la *Hora* classique dans ces circonstances. Puis ce fut au tour des deux couples nouvellement mariés d'être portés en triomphe, dans la plus pure tradition des mariages juifs. Il faut dire qu'ils le méritaient bien, les deux capitaines dont on célébrait les noces, ces deux rescapés des champs de bataille de la Seconde Guerre mondiale !

Ben se laissait aller à son bonheur tout neuf, se souvenant de l'un des dictons favoris de sa mère : « Les jours de fête sont toujours les plus courts. » Il cherchait en vain Jérémy parmi les invités qui se pressaient autour des buffets, et c'est sur Johnny Cohen qu'il tomba. Ce dernier en profita pour lui dire qu'il souhaitait le voir à son bureau. « Tu sais Ben, ton avenir me tient à cœur. Tu as de la chance, mon petit gars, j'ai décidé d'investir dans le marché de l'art, et j'ai bien envie de faire ta fortune par la même occasion. C'est OK ? »

Ben, en artiste vivant d'amour et d'eau fraîche, en « pur », avait été quelque peu surpris par la franchise de cette proposition, faite de manière on ne peut plus directe.

– Vraiment, ce type ne respecte rien ! Mais quel sens des affaires ! On ne peut pas se tromper, nous sommes vraiment en Amérique ! avait-il dit à Deborah.

Cette dernière avait su lui faire voir cette offre sous un autre angle, et avait ajouté, allusive :

– Tu vois, à peine marié, et c'est déjà dans la poche ! Avec Johnny, tu seras entre de bonnes mains. Quand il mise sur une affaire, il en fait de l'or, une vraie mine d'or. Pour lui, bien sûr, mais aussi pour ceux auxquels il s'intéresse...

– Peut-être, Deborah, peut-être, mais on peut être un excellent *manager* et manquer totalement du sens le plus élémentaire des convenances ! Venir me dire ça le jour de mon mariage, à mon repas de noces, comme si ça ne pouvait pas attendre quelques jours ! Après tout, il ne va pas me transformer en Crésus pendant la nuit, ton Johnny Cohen !

– Ben calme-toi, je t'en prie ! Johnny n'a pas voulu t'offenser, au contraire ! Il croyait t'être agréable en te montrant qu'il s'intéressait à ton avenir, voilà tout ! Et d'ailleurs, comme tu l'as si bien dit toi-même, nous sommes en Amérique... Ne l'oublie pas, ici les choses ne se passent pas comme en Europe ou en Palestine.

Cet aspect de la question avait en effet presque totalement échappé à Ben. Ses rapports avec l'argent n'étaient pas comparables à ceux qui, aux États-Unis, étaient admis comme étant la norme. Fils de parents pour qui l'argent n'avait jamais compté, pour qui la fortune ne constituait pas une valeur, qu'elle soit morale ou sociale, Ben ne pouvait s'empêcher d'éprouver un certain malaise devant la décontraction absolue dont les Américains faisaient preuve devant le « veau d'or ». Aussi avait-il été un peu choqué lorsque, en guise de cadeau de mariage, bien des invités à la noce avaient glissé à ses parents des enveloppes bourrées de *cash*.

Après avoir pris goût à la vie à Paris, Ben se laissait à présent gagner par le plaisir de la découverte de la métropole américaine. Sa femme, puisque telle était maintenant pour lui Deborah, l'avait présenté à tous les galeristes qui comptaient dans la ville. Très vite il avait su établir le contact avec eux, et son prestige de peintre réputé sur le marché parisien lui avait ouvert bien des portes. Il n'était cependant pas encore assez sûr de lui pour négocier avec succès des contrats à son avantage, et c'est Deborah qui se chargeait de cette tâche délicate.

En femme d'affaires accomplie, rompue aux pratiques du *business* « à l'américaine », elle savait obtenir pour son mari ce que Ben n'aurait jamais osé demander. Elle pensait que la carrière de son artiste d'époux ne décollait pas assez vite, et le pressait d'acquérir la notoriété qui lui faisait encore défaut. À ces remarques Ben répondait toujours de la même façon, incitant Deborah à plus de patience : « Sais-tu, ma femme, que hâte et impatience sont mères de médiocrité ? J'ose espérer que pour moi tu vises un peu plus haut ! »

Myriam et Jérémy, eux, se préparaient à accueillir l'enfant à naître. Myriam était enceinte de plus de trois mois, et souhaitait donner le jour à leur progéniture en Palestine. Cette perspective angoissait aussi bien Jérémy qu'Alberto et Rachel, qui pensaient que la mère et l'enfant seraient plus en sécurité à New York qu'à Ein Harod. Et ce, même s'ils comprenaient parfaitement la portée symbolique du vœu de Myriam. Andreï et Sarah, eux, avaient un peu de mal à comprendre les craintes de la famille Jackson. Chaque jour des centaines d'enfants naissaient en terre de Sion, sans que cela posât le moindre problème.

Et, de toute façon, leur petit-enfant à venir n'était-il pas destiné à devenir un pionnier de l'État d'Israël tant désiré ? Alors autant tenter le tout pour le tout, et qu'il voie le jour sur la terre qu'il devait non seulement habiter mais aussi pacifier, défendre, labourer, embellir, et peupler à son tour, d'ici… quelques années tout au moins. La présence à New

York d'Andreï et Sarah leur permit de négocier âprement avec Alberto et Rachel qui, dans un premier temps, ne voulaient rien entendre.

Finalement on arriva à un accord : la famille Jackson au grand complet ferait le voyage d'Ein Harod, pour rendre la politesse aux parents de Myriam et de Ben et, une fois la cérémonie terminée, les deux jeunes couples regagneraient l'Amérique. Ben pour y poursuivre sa carrière de peintre, et Myriam pour y donner le jour à l'enfant qu'elle portait. Pour un avenir plus lointain tous les choix restaient possibles, et Ben, Myriam et Jérémy ne cachaient pas leur souhait de regagner la Palestine au plus tôt.

Le clan Jackson préparait son voyage vers Ein Harod, et c'est grâce au somptueux cadeau de Johnny Cohen qu'elle trouva un moyen de transport plutôt inhabituel. Toujours en affaires avec les plus grands *businessmen*, disposant d'un flair peu commun, même dans sa profession, et sachant actionner des réseaux dont lui seul connaissait les secrets, l'avocat avait offert aux deux jeunes couples rien moins qu'une forteresse volante, comme on appelait cet avion, un B 52 qu'il avait fait désarmer et aménager en avion de transport civil.

Il l'avait fait décorer avec des boiseries d'acajou et des gainages de cuir, damant le pion aux plus luxueux des hydravions Saunder-Roes, ces palaces volant qui faisaient la fierté de la construction aéronautique anglaise. Comme souvent il avait dû employer des moyens quelque peu détournés, et c'est grâce au pilote de l'avion, un as de la guerre nommé Abraham Finkelstein, qu'il avait été mis sur le coup.

Ce dernier ne voulait pas que son appareil soit envoyé à la casse par l'US Air Force, pour cause de désarmement, et il avait mis en relation Johnny Cohen avec le casseur choisi par les forces aériennes américaines. Dans la foulée l'avocat avait convaincu le pilote que son avenir se trouvait en

Palestine, semant ainsi la bonne parole sioniste auprès des militaires démobilisés. Une démobilisation d'ailleurs toute relative, puisque Johnny Cohen avait eu la présence d'esprit de faire démonter le système d'armement de l'avion, de le mettre en caisses et de l'expédier le plus discrètement possible vers Ein Harod, à la demande d'Andreï qu'il avait rencontré lors du mariage.

Pour Johnny Cohen c'était un moyen de prouver que les Juifs de la diaspora, eux aussi, continuaient le combat, et qu'ils étaient indispensables à la survie de ceux de leurs frères qui avaient fait le choix de s'établir sur la Terre promise par le Tout-Puissant à leur peuple. L'oiseau métallique permettrait de relier New York à Tel Aviv avec une seule escale, prévue à Londres, et il avait été convenu qu'une fois en Palestine l'avion demeurerait sur place, soigneusement dissimulé aux regards indiscrets dans une planque aménagée par Andreï. À toutes fins utiles.

Abraham Finkelstein s'était tout de suite entendu avec Andreï, qui lui avait trouvé en un temps record un logement pratique et agréable au kibboutz. Avec ses dix ans d'expérience comme pilote militaire, il était tout désigné pour diriger l'école d'aviation que Johnny Cohen avait fondée à Ein Harod. Un cadeau comme un autre de ce mécène si généreux, pour qui rien de ce qui touchait à la Palestine n'était indifférent. Et puis il regardait avec une certaine envie ces héros qu'étaient à ses yeux les kibboutzniks, des hommes et des femmes qui se battaient jour après jour et pied à pied, sans aucune certitude sur ce que leur réservait des lendemains qui pouvaient déchanter, surtout dans la période de turbulence que traversait actuellement le Proche-Orient.

Car le monde du kibboutz était comme l'antithèse du milieu des affaires, un monde où l'argent ne comptait pas, où seule la survie comptait. Il s'en était mieux rendu compte en ayant quelques échanges avec Ben, personnage comme il avait peu l'occasion d'en rencontrer à New York : à la fois pionnier et artiste, et qui avait refusé des offres professionnelles qu'aucun Américain n'aurait repoussées. Ben se sentait investi d'une autre mission, voilà tout.

Cette mission, il l'avait accomplie récemment avec Jérémy, son complice de toujours, et il en était particulièrement fier. Sous le couvert d'une société de production cinématographique qui tournait des longs métrages sur la guerre en Europe, il avait mis la main sur tout un stock d'avions militaires, des surplus de l'armée américaine, qui étaient acheminés en pièces détachées vers l'Europe. Les appareils, une fois arrivés en caisses dans une petite île au large de la Corse, étaient alors remontés, prêts à servir en cas de besoin. Leur rayon d'action permettait l'aller et le retour vers la Palestine sans escale, et sans ravitaillement en vol.

Alberto n'en revenait pas. Il se grattait le menton, hochait la tête, signes chez lui d'une nervosité portée à son paroxysme. Une fois encore, ce diable de Johnny Cohen l'avait pris de vitesse, l'avait complètement « bluffé », comme on dit aux États-Unis. Il fut pris d'un doute, et s'en ouvrit franchement à son vieil ami Johnny :

– Ainsi donc, tu as constitué une véritable flotte aérienne… J'aimerais que tu m'expliques. L'armée vend ses vieilleries à n'importe qui maintenant ?

– Non, Alberto, tu le sais très bien, d'ailleurs, lui avait répondu Johnny Cohen. Mais, comme tu ne l'ignores pas, j'ai quelques relations. J'ai mes entrées dans certains cercles très fermés, et j'ai cru de mon devoir de monter cette armée de l'air d'un genre un peu spécial. Pas seul, bien entendu. Crois-moi, j'ai trouvé bien des soutiens dans cette entreprise. Quelques-uns de ces soutiens te sont très proches, d'ailleurs, d'un point de vue familial notamment. Si tu vois ce que je veux dire… Et puis j'ai bénéficié d'autres complicités.

La société au nom de laquelle sont achetés les avions est enregistrée au Panama. Un vrai gage de discrétion, crois-moi… sans parler de la neutralité bienveillante des autorités françaises, sans lesquelles rien n'aurait été possible. Tu te souviens de ce directeur de cabinet du ministre français de l'Intérieur, celui que Ben avait démarché à Paris ? Mais peut-être que Ben et Jérémy ne t'en ont jamais parlé, secret de leur mission oblige. Je suis trop bavard, excuse-moi. C'est vrai, je le reconnais, sur certains points je suis vraiment incorrigible !

Car c'était bien entendu l'ami Johnny Cohen qui avait avancé les fonds pour cette entreprise, qui donnait à l'embryon d'armée israélienne une puissance de feu incomparable, bien supérieure aux quelques coucous fatigués dont disposaient les Arabes de Palestine. Alberto fut néanmoins surpris de ne pas avoir été mis dans la confidence par son gendre et par son fils, qui lui répondit par une boutade : « Tu sais, il m'arrive parfois d'avoir le besoin de m'affirmer, de ne pas dépendre de toi en tout. Souviens-toi ! Je viens de me marier, et dans quelques mois je serai père… »

Alberto prenait conscience qu'avec leur mariage, ses deux enfants lui avaient définitivement échappé. Ils s'étaient libérés de sa tutelle, aimante certes, mais toujours difficile à supporter pour des jeunes gens qui ne désirent qu'une chose, être maîtres de leur destin. C'était la loi de la vie, tout simplement, Jérémy et Deborah n'avaient plus besoin de lui désormais, du moins pas comme avant, comme quand ils n'avaient pas encore quitté le nid familial pour fonder leur propre foyer.

Chapitre 10

À Ein Harod l'ambiance était tendue, et l'inquiétude grandissait de jour en jour. La perspective du départ des Britanniques, prévu pour bientôt, suscitait certes l'espérance générale, mais les Juifs de Palestine envisageaient avec angoisse le vote décisif des Nations Unies sur l'avenir du territoire. Quel allait être leur avenir sur cette terre, et quelle serait la réaction des pays arabes ? Voyant approcher la fin de son mandat, le gouvernement de Londres tentait maladroitement de louvoyer entre les intérêts des Juifs et ceux des Arabes, et pratiquait parfois la politique du pire : après nous le déluge !

La communauté juive de Palestine était entrée récemment en rébellion ouverte, quand un jeune patriote, Dov Mahem, avait été condamné à mort par une cour martiale britannique. Il avait été fait prisonnier à la suite d'une action d'éclat, et Andreï éprouvait des remords cuisants d'avoir monté cette opération, qui devait marquer la fin de l'attentisme des mouvements sionistes face aux occupants anglais.

C'était lui en effet qui avait apporté le soutien logistique au commando, qui s'était emparé du poste de police de la localité de Ramatgan. Bourré de fusils, de mitraillettes et de munitions, ce poste de police centralisait toutes les armes légères de son district, et pouvait grâce à ses réserves équiper jusqu'à dix mille hommes. Et lorsque Menahem Begin avait demandé à son vieil ami Andreï de lui fournir une quinzaine d'uniformes britanniques pour « déguiser » les hommes de son commando, ce dernier n'avait pas hésité.

Il avait puisé dans les réserves du kibboutz, et s'était même chargé de l'organisation du coup de main. Andreï connaissait presque tous les participants à l'opération, et ne doutait pas du succès de leur entreprise. Il faut bien admettre qu'en l'occurrence il avait péché par excès d'optimisme, et les événements ne se déroulèrent pas exactement comme prévu.

Tout avait pourtant bien commencé, conformément aux directives des dirigeants de l'Irgoun. L'effet de surprise avait été total et, en peu de temps, la police anglaise avait été neutralisée, bouclée dans les locaux de la prison dont elle était censée assurer la garde. Malheureusement, une patrouille britannique qui passait à l'improviste était intervenue, déjouant entièrement le plan mis au point par Menahem Begin et par Andreï.

Intriguée par le déménagement d'une telle quantité d'armes et de munitions, la patrouille comprit vite qu'elle se trouvait en présence d'activistes juifs, sur lesquels elle ouvrit le feu, coupant la retraite aux hommes du commando. La plupart de ces derniers s'étaient battus dans les rangs de la Haganah pendant la guerre, et savaient réagir aux situations les plus désespérées.

Ils forcèrent le barrage anglais avec leurs camions, abandonnant Dov Mahem, blessé et intransportable, sur les lieux. Le jeune militant sioniste n'avait pas cessé de tirer, couvrant ses camarades qui s'enfuyaient avec leur butin. Soigné dans un hôpital militaire anglais il survécut à ses blessures. Mais c'était pour tomber entre les mains des tribunaux d'exception mis en place par les Britanniques, d'une sévérité implacable pour ceux qu'ils qualifiaient de « terroristes ».

Au cours des nombreux interrogatoires qu'il eut à subir dans sa prison Dov ne livra pas le moindre nom, protégeant le réseau dont il était membre. Même au cours d'interrogatoires plus « musclés » que d'autres, pratiques nouvelles dans l'armée britannique, et que des observateurs internationaux n'hésitaient pas à assimiler à des actes de torture.

Lorsqu'il avait appris l'arrestation de Dov, Begin avait dit à Andreï : « Je ne me fais aucun souci, Dov est un rescapé d'Auschwitz, et ce ne sont pas les Tommies qui le feront parler. » Et si Dov savait se taire, il savait également prendre la parole quand il le fallait. Devant le tribunal qui le jugeait, il prononça les mots qu'attendaient tous les Juifs de Palestine : « Je ne reconnais ni l'autorité du mandat britannique en Palestine, ni la légalité de ce tribunal. »

Andreï avait assisté au procès, bouleversé par la sentence de mort par pendaison prononcée par les officiers supérieurs qui composaient la cour. Il avait fait part de son émotion à Sarah, émotion qui avait atteint son comble lorsque, avant d'être ramené dans sa cellule, Dov avait entonné l'hymne national du futur État d'Israël. Sarah pensait, naïvement, que les Anglais n'oseraient pas appliquer la sentence, ne voulant pas faire un héros du jeune homme.

Ils ne souhaitaient pas provoquer d'escalade à quelques mois de leur départ de Palestine, et redoutaient les représailles du groupe dont Dov faisait partie. Andreï lui répondit que les Britanniques n'avaient pas encore réellement compris la détermination des militants sionistes, citant une déclaration récente du maréchal Montgomery, reprise par la presse : « En Palestine je suis partisan d'une politique de répression totale, par tous les moyens. »

L'escalade tant redoutée par Sarah ne tarda pas à s'enclencher et, deux jours après la condamnation de Dov Mahem, des commandos de l'Irgoun attaquaient au lance-roquettes des blindés britanniques à Jérusalem, Tel Aviv, Jaffa et Tibériade. D'autres groupes activistes tiraient en divers points du territoire sur les troupes anglaises, incendiant leurs véhicules et provoquant de nombreux morts. Le bilan des pertes de l'armée de Sa Majesté, en ce jour funeste, s'établissait à trente tués, dont huit officiers, et une centaine de blessés. Quelques jours plus tard c'était Haïfa qui était le théâtre d'une action commando du groupe Stern. Une voiture piégée bourrée de plastic avait été stationnée dans la cour du commissariat central de la ville, provoquant la mort de quarante personnes lors de son explosion.

Si les pensées d'Andreï et de Sarah étaient évidemment assombries par la tournure extrêmement violente que prenaient les événements, ils n'en préparaient pas moins d'arrache-pied l'arrivée des « Américains », comme ils les appelaient, afin de célébrer dignement leurs noces. Toute la Palestine avait été prévenue et, même dans les villages arabes les plus reculés, on savait que le chef du kibboutz d'Ein Harod allait marier le même jour son fils et sa fille, et que le grand rabbin de Jérusalem lui-même avait promis de faire le déplacement pour bénir l'union des deux jeunes couples. L'avion affrété par Johnny Cohen remplit parfaitement son office et, quelques heures après son escale londonienne, l'appareil se posait sur le sol de la Terre promise.

Pour Alberto les retrouvailles avec la Palestine furent un moment d'émotion intense, et il eut du mal à cacher ses larmes à Rachel. Il se jeta dans les bras d'Andreï, qui attendait son arrivée avec impatience, et tous deux parlèrent longuement des changements intervenus au kibboutz depuis le départ d'Alberto.

– Quel changement depuis mon départ ! Même le paysage n'est plus le même. Et je ne reconnais pas le kibboutz, qui a pris des airs de résidence de luxe comme nous en avons en Californie.

– C'est vrai, avait répondu Andreï. Tout a changé par ici, et nous ne sommes pas peu fiers des améliorations que nous avons apportées à notre kibboutz. Mais si tu regardes plus attentivement, tu remarqueras qu'il y a une chose, une seule qui, elle, n'a pas changé, et ne risque pas de changer de sitôt. Tu ne vois pas ? Ce sont les miradors. Tu vois, ils sont toujours là, simplement plus élevés et mieux armés qu'autrefois. Quand tu as quitté notre terre, c'est pour les Juifs que les temps étaient durs et incertains. Aujourd'hui, c'est pour les Britanniques et les Arabes. Tu le sais, le pays n'est pas sûr. Alors nous devons impérativement protéger notre communauté : question de vie ou de mort. Mais nos ennemis, quels qu'ils soient, vont finir par comprendre, sois-en certain. Et nous finirons par gagner la paix, avant même d'avoir eu à faire la guerre.

L'optimisme affiché par Andreï était feint, du moins en partie. Mais, à deux jours du mariage de leurs enfants, il ne voulait pas gâcher la fête, et assombrir l'humeur d'Alberto par des considérations alarmistes. « De ta bouche dans l'oreille du bon Dieu. Crois-moi nous sommes prêts à tous les efforts pour que tout se passe le mieux possible. La Palestine est depuis toujours la terre des miracles. Il faut y croire, vaille que vaille. D'ailleurs quelqu'un l'a dit avant moi : Heureux celui qui croit. Alors croyons Alberto, mon frère… » Alberto le cartésien, rationnel et raisonneur, n'était pas entièrement convaincu par cette tirade pleine d'espérance qui, dans la bouche d'Andreï, sonnait comme une leçon trop bien apprise. Pourtant il lui avait répondu : « Pourquoi pas après tout. Croire ne coûte rien, et puis on ne sait jamais… C'est shabbat ce soir, et nous pourrons faire une prière. »

Il faut espérer que le Très-Haut écoutait avec bienveillance les prières d'Andreï et d'Alberto. Car, à quelques kilomètres de là, dans un village arabe nommé Mansourah, situé en bordure des terres du kibboutz, un événement se préparait, qui risquait fort de compromettre le mariage des deux jeunes capitaines. En matière de terrorisme en effet les Arabes n'étaient pas en reste. Et si les actions des groupes clandestins sionistes ternissaient l'éclat de la Couronne britannique, cette dernière avait aussi à redouter les coups de main des nationalistes arabes, armés jusqu'aux dents par les pays voisins, trop heureux de pouvoir en découdre avec les Juifs sans avoir besoin d'engager leurs troupes.

Mansourah était en proie à une effervescence inaccoutumée. Son chef, le vieux et sage Mokhtar Ibrahim, unanimement aimé et respecté par les villageois qui l'appelaient « le Mokhtar », c'est-à-dire, en arabe, « le chef », devait prendre une décision lourde de conséquences. De tout temps il avait entretenu des rapports cordiaux avec les habitants du kibboutz, et s'était même lié d'amitié avec Andreï. Entre chefs on se comprend toujours, surtout lorsque les communautés que l'on représente partagent des intérêts communs, des préoccupations communes, en l'espèce la répartition des ressources en eau pour la culture des terres nouvellement mises en valeur. Ce jour-là le Mokhtar recevait dans sa maison un envoyé du grand mufti de Jérusalem, que le fils aîné du vieil homme précédait.

L'émissaire du plus haut dignitaire musulman de Palestine alla droit au but, ne mâchant pas ses mots pour faire comprendre au Mokhtar Ibrahim la position officielle de celui qui était l'ennemi juré des Juifs. « Son Excellence le grand mufti n'est pas satisfait de votre attitude. Votre complaisance pour les sionistes constitue un danger pour tout le peuple arabe. Votre amitié pour ces chiens galeux qui veulent voler nos terres est inadmissible, et attirera la malédiction sur votre village. Les récents événements auraient dû vous faire comprendre quel était le bon parti, quel était le bon choix, quel était le camp des Justes.

Mais l'heure des comptes va bientôt sonner. Alors nous châtierons de manière impitoyable ceux qui collaborent avec les Juifs, les traîtres qui désertent notre cause pour se faire les valets des sionistes. Tous ceux-là, dont la vie n'a aucun prix à nos yeux, sont déjà morts. Ils ne le savent pas, mais ils sont sur notre liste noire. Oui, tous, et vous aussi : vous en faites partie, et c'est pour cela que votre fils est venu me trouver. Il veut vous épargner le sort réservé aux infidèles. Vous pouvez bénir le Ciel d'avoir un fils tel que lui, qui, contrairement à son père, ne se trompe pas de combat. »

Le discours du représentant du grand mufti de Jérusalem laissa le Mokhtar sans voix. Il attendit quelques secondes avant de répondre à l'émissaire, d'un ton calme et serein, le ton d'un homme qui sait qu'il n'a rien à se reprocher. « Je ne comprends pas le sens de vos invectives. C'est vrai, j'ai toujours entretenu de bonnes relations avec les Juifs, et je m'honore de l'amitié d'Andreï Parocki, le chef du kibboutz voisin d'Ein Harod.

Ce que je comprends en revanche, ce que je ne sais que trop, par expérience, c'est que le sang attire le sang, que la vengeance appelle la vengeance. La guerre ne peut rien apporter de bon à nos peuples. Cela aussi je le sais. Il faut savoir raison garder, et la terre de Palestine est assez vaste et assez fertile pour nos deux peuples. Ce que je sais enfin, c'est que je ne permets pas à un étranger de venir me menacer sous mon toit, dans ma maison, au mépris des lois les plus élémentaires de l'hospitalité. »

« Vous parlez comme un vrai sage, vieil homme digne et respectable, reprit l'émissaire. Mais les sionistes ne l'entendent pas de cette oreille. Leur État, si nous ne faisons rien, va bientôt voir le jour. En deux ans plus de cent mille Juifs ont débarqué pour s'établir en Palestine, et ils s'arment un peu plus chaque jour qui passe. Leurs kibboutz sont de véritables arsenaux, et les colonies agricoles qu'ils implantent sur les plus fertiles de nos terres réduisent de jour en jour nos paysans à la misère.

Ils doivent quitter les campagnes pour aller s'installer en ville, où ils ne trouvent pas de travail et vont grossir les rangs de ceux qui se livrent à la mendicité. Tout cela avec la bénédiction des Anglais, qui déportent de temps à autre quelques Juifs à Chypre, pour donner le change. Si notre peuple ne réagit pas rapidement nous serons bientôt minoritaires dans notre propre pays. Ce pays est le nôtre. C'est le pays de nos ancêtres, et vous ne devez pas permettre qu'il soit livré aux Juifs. Il est temps de passer à l'action, guidés par la foi dont Son Excellence le grand mufti est le meilleur des interprètes. »

Le Mokhtar écouta avec attention les arguments de l'envoyé, sans l'interrompre. Et il ne put s'empêcher de se laisser aller à quelques réflexions. Il se souvenait du conflit qui l'avait opposé aux habitants du kibboutz voilà trente ans, quand des pionniers juifs avaient ouvert une route sur des terres qui dépendaient de son village, sans demander au préalable la permission au chef de l'époque. Ils semblaient sûrs de leur bon droit, comme les Arabes étaient sûrs du leur. Il y avait eu des affrontements, des morts, des blessés, dans les deux camps. Puis tout était rentré dans l'ordre.

La route profitait à tout le monde, et avait facilité les communications pour les habitants des villages arabes voisins du kibboutz. Mais à qui la route avait-elle le plus profité ? Quelle comparaison pouvait être faite entre les quelques dizaines de minutes de marche à pied gagnées par les Arabes, et le chapelet de colonies juives que la route avait permis d'égrener tout au long des crêtes de cette région vallonnée ? Oui, il devait le reconnaître, les avantages n'étaient pas les mêmes pour tous. S'il était de bonne foi, s'il allait au fond de son cœur pour y trouver ce qui était réellement son opinion, il devait bien admettre que le bénéfice que tiraient les Juifs de la présence de cette route était sans commune mesure avec les maigres avantages qu'y avaient trouvés les Arabes.

Le vieil homme fut tiré de ses réflexions par son fils, Mourad, qui venait de prendre la parole. « Souviens-toi, père, nous avons tout tenté pour vivre pacifiquement avec ces Juifs. Mais ils sont d'un orgueil impénitent. Comment peux-tu espérer partager un jour quoi que ce soit avec eux ? Ils n'ont jamais cessé de nous offenser, offense après offense, promesse non tenue après promesse non tenue. Rappelle-toi, quand j'ai voulu épouser la fille de ton prétendu ami, le chef du kibboutz, et en faire une bonne musulmane : j'ai été rejeté avec mépris, par des gens qui ne sont même pas sur leur terre, par des vagabonds, des chiens errants qui ne sont bons qu'à convoiter et à voler ce qui ne leur appartient pas. Crois-moi, père : avec des amis comme eux, on n'a pas besoin d'ennemis. »

Le Mokhtar poursuivait sa réflexion. Il se rappelait les paroles d'Andreï lorsqu'il avait été question que leurs deux enfants s'unissent par les liens du mariage : « Nous sommes en temps de guerre, et il faut réfléchir avant de permettre à nos enfants de s'engager par un lien que rien ne peut dissoudre. Ils sont encore jeunes. Ce qu'ils appellent leur amour peut très bien n'être qu'un feu de paille. Et je ne peux ni ne veux faire de ton fils un Juif, de même qu'il est impossible que ma fille devienne musulmane [1]. »

Le vieux chef avait répondu à son *alter ego* d'Ein Harod qu'il employait des arguments pleins de sagesse, mais que si leurs enfants partageaient un amour véritable ils n'auraient que faire de leur bénédiction, pas plus que de celles d'un rabbin ou d'un imam. Il avait conclu en disant à Andreï qu'il était parfois bon d'être déraisonnable. Aujourd'hui Andreï

1. Voir *Les Aventuriers des nouveaux mondes.*

était comblé par le choix de sa fille, et il avait oublié depuis longtemps la passade qu'elle avait éprouvée pour Mourad.

Mais Mourad, lui, n'avait pas oublié. Il avait gardé au fond de son cœur les marques de l'humiliation qu'il avait reçue quand lui, fils de chef d'un village important, avait vu refuser sa demande en mariage, adressée à une fille d'immigrants, à une infidèle à qui, pensait-il, il faisait beaucoup d'honneur en baissant les yeux sur elle. Il considérait que Myriam s'était moquée de lui et avait joué avec ses sentiments. Et voilà que maintenant elle se mariait, le narguant avec un homme appartenant au même peuple qu'elle, un Juif qui venait d'Amérique. Mourad ne pouvait l'accepter, et avait décidé depuis longtemps de tirer une vengeance éclatante de l'affront qu'il avait reçu.

C'est pourquoi il insista auprès de son père, déployant des trésors de persuasion. « Père, tu dois me comprendre, et comprendre tout notre peuple, dont je me fais aujourd'hui le porte-parole auprès de toi. Une occasion unique s'offre à nous actuellement d'effacer toutes les humiliations que, depuis des décennies, nous avons subies. Avec leur sale argent qui vient d'Europe et d'Amérique, les Juifs ont acheté nos meilleures terres et ont volé nos âmes. Nous devons nous venger.

C'est la volonté d'Allah. Il faut que, le jour du mariage qui doit avoir lieu à Ein Harod, nous attaquions le kibboutz, afin de reprendre ce que ces Juifs nous ont volé par la ruse. Tu sais bien que le grand mufti nous approuve, et qu'il a déjà mis ses Bédouins à notre disposition, au cas où nous aurions besoin de renforts. De Haïfa à Jérusalem notre village donnera l'exemple de la résistance, et notre victoire sur les Juifs restera gravée dans toutes les mémoires. »

Le vieux chef arabe savait que les Juifs se tenaient prêts à une guerre contre eux, dès que les Anglais auraient quitté la Palestine. Mais il savait aussi que la supériorité militaire des

Juifs était écrasante, que les armes dont ils disposaient les rendaient invincibles, du moins par quelques bataillons de Bédouins au courage incontestable, mais qui faisaient la guerre comme on la faisait à l'époque des califes ommeyades.

Il redoutait le sang versé, les morts, le prétexte que donnerait aux Juifs cette attaque pour faire la démonstration de leur force, et balayer les Arabes de Palestine. De plus il était bien placé pour savoir que les sionistes se tenaient constamment sur leurs gardes, qu'ils n'accordaient leur confiance à personne et qu'on ne parviendrait pas à les surprendre, même au cours de la fête célébrant le mariage des deux enfants d'Andreï.

C'est l'envoyé du mufti qui conclut cette conversation, plongeant le Mokhtar dans le désarroi le plus profond. « Votre fils Mourad est un vrai chef de guerre, loyal et courageux. Tous les croyants sont à ses côtés dans la guerre qu'il prépare contre les sionistes. La terre d'Islam ne doit pas tomber entre les mains de ces chiens d'infidèles.

Son Excellence le grand mufti saura récompenser comme il se doit les combattants qui feront preuve d'héroïsme. Ceux qui donneront leur vie pour notre cause monteront tout droit au paradis d'Allah, où cinquante vierges d'une incomparable beauté seront la récompense de leur martyre. Croyez-moi, ce combat est aussi le vôtre, et vous devez aider votre fils dans son entreprise. Rassemblez tous les hommes valides du village et donnez-leur votre bénédiction. »

Le Mokhtar avait parfaitement compris qu'il n'était pas question de s'opposer à cette injonction, sous peine de passer pour un traître et un collaborateur. Comment aurait-il pu dire à l'émissaire du grand mufti qu'il ne voulait pas voir mourir son fils dans une guerre perdue d'avance, et qu'il souhaitait pour ses enfants la vie sur cette terre plutôt que le paradis d'Allah et son cortège de vierges ? Que ce « paradis d'Allah » était un leurre, comme tous les paradis d'ailleurs, tout juste bon à conférer un semblant de justification morale à des actes que rien, jamais, ne peut excuser ?

Le Mokhtar Ibrahim avait toujours été un homme de dialogue. Il était à présent perdu dans ses pensées, totalement désemparé par la tournure que prenaient les événements. Jamais dans toute sa vie il n'avait été confronté à une situation aussi difficile, d'autant plus difficile que son cœur de père saignait d'avoir été humilié publiquement par son fils, en présence d'un étranger qui plus est. L'obéissance d'un fils envers son père était un devoir impérieux dans la culture arabe, et cette rébellion présageait mal de l'avenir, du comportement de Mourad en situation de crise, quand, après sa mort, il lui aurait succédé comme chef de Mansourah.

Mourad cependant n'attendait plus depuis longtemps que son père prenne une décision, et rassembla lui-même les hommes du village, en présence de l'envoyé du mufti. Il leur tint un discours enflammé, s'avançant un peu lorsqu'il prétendit agir avec l'accord de son père. Ce dernier restait cloîtré dans sa maison, atterré et redoutant le pire de cette équipée improvisée, dont les participants allaient à une mort certaine. Le Mokhtar passa une nuit blanche à imaginer une solution alternative et, au matin, convoqua son fils dans sa chambre.

C'est en regardant par la fenêtre de cette pièce qu'il remarqua que la maison était cernée par des Bédouins en armes. Et quand son fils se rendit à sa convocation, ce fut pour lui dire qu'il était assigné à résidence, sans la possibilité de quitter son domicile, et ce sur ordre du grand mufti lui même. Le Mokhtar ne put donc réunir le conseil du village, comme il en avait l'intention, et comprit que toute résistance était vaine.

Il resta toute la journée chez lui, sans sortir faire sa promenade quotidienne dans le beau jardin de sa maison, ruminant sa rage d'avoir été traité en ennemi par son propre fils, et craignant pour la suite des événements. Il refusait d'adresser la parole aux membres de sa « garde rapprochée », qui ne comprenait pas son mutisme. Ainsi donc le vieux chef, respecté dans toute la Palestine pour son patriotisme et pour sa sagesse, n'approuvait pas les décisions qu'on prenait en haut lieu, à Jérusalem ?

Après une journée entière passée à ronger son frein, le Mokhtar consacra toute la nuit à prier, demandant à Dieu de l'inspirer et de guider ses actions. Tourné vers La Mecque, il aurait usé son tapis de prière jusqu'à la corde si cela avait pu aider à éviter l'affrontement avec les Juifs du kibboutz d'Ein Harod. Plein d'amertume envers les hommes, il se tournait vers le Créateur, n'attendant de secours que de Lui. Il se disait qu'on avait tort de croire que Dieu pouvait se détourner de ses créatures : c'étaient ces dernières qui parfois se détournaient du Tout-Puissant, préférant l'envie de puissance et la haine qu'elle engendrait à l'amour, à la paix et à la concorde que prêchaient toutes les religions monothéistes, dont il connaissait par cœur les Livres saints. Quand l'aube se leva sa décision était prise et calmement, posément, il se dirigea jusqu'à son bureau.

Assis derrière sa table de travail, il y griffonna quelques lignes sur une feuille de papier qu'il plia dans une enveloppe. Un sourire énigmatique éclaira alors son visage. Il sentit qu'il avait retrouvé sa sérénité habituelle à cet instant précis. Dans quelques heures tout au plus, le destinataire de la mystérieuse lettre aurait reçu son message, et alors... Pour le moment il fallait attendre, c'est d'ailleurs tout ce que le Mokhtar pouvait faire.

C'est avec un immense plaisir qu'Ibrahim salua Mouloud, son fidèle serviteur, étonné de trouver le maître déjà levé à une heure si matinale. Il lui donna la lettre à porter, lui recommandant le secret le plus absolu sur la mission qu'il lui confiait. Mouloud, qui aurait donné sa vie pour son maître, fut flatté de cette mission de confiance qu'il accepta sans hésiter, jurant au Mokhtar de ne pas le trahir, et de faire parvenir la lettre le plus rapidement possible à son destinataire. Ce dernier, Ibrahim en était certain, saurait en faire le meilleur usage possible…

Chapitre 11

C'est à Andreï qu'était destinée la missive rédigée par le vieux chef arabe. Au moment de s'emparer de la lettre, Mouloud jeta un regard chargé de respect et d'affection sur le Mokhtar, son maître, et fit diligence pour porter ce courrier à son destinataire. En quittant le bureau d'Ibrahim, il eut le pressentiment d'accomplir les dernières volontés du vieil homme.

La porte une fois refermée, celui-ci embrassa du regard le paysage de collines qu'il aimait tant, les toits de son village, sur lequel il veillait depuis tant d'années maintenant, comme l'avaient fait avant lui son père, son grand-père et son arrière-grand-père, premier de sa lignée à avoir été institué chef de Mansourah par un firman de la Sublime Porte, qui décorait l'un des murs de son bureau.

Le Mokhtar avait pris une décision radicale. Partagé entre la honte de passer pour un traître aux yeux de son peuple et la nécessité de protéger contre eux-mêmes les hommes de son village, qui couraient au massacre en s'attaquant au kibboutz d'Ein Harod, il s'était saisi de son poignard, tout en récitant les prières qu'on dit pour les morts dans la religion musulmane. Comme le firman qui trônait, exposé dans un cadre en bois doré, dans son bureau, ce poignard avait été offert à son arrière-grand-père par le sultan de

Constantinople lui-même, le Commandeur des Croyants, et constituait le symbole le plus précieux de sa dignité de chef de village.

Sa lame effilée sortait d'un manche d'onyx incrusté de perles et de rubis, somptueuse production de l'artisanat turc, sans doute réalisée par les mains d'un orfèvre juif ou arménien. Implorant la clémence divine, le Mokhtar Ibrahim se plongea le poignard en plein cœur d'un geste brusque, l'enfonçant jusqu'au manche. Il rendit l'âme sur le coup, sans un cri, sans un râle. Au même instant sa djellaba d'un blanc immaculé, devenue son linceul, se teignait de son sang.

Mouloud avait recueilli les dernières paroles du chef, qui en guise d'ultimes instructions lui avait simplement dit : « Va Mouloud, je te bénis, que Dieu soit avec toi. » Il avait enfourché le plus rapide coursier de l'écurie de son maître, et galopait à bride abattue vers Ein Harod. Arrivé à destination il est précédé par le nuage de poussière que soulève le pur-sang. Le village des Juifs se dresse devant lui, oasis luxuriante dans cette région aride et pierreuse. Il fait face au premier contrôle lorsque, avant d'arriver à l'entrée principale du kibboutz, deux hommes en armes l'arrêtent.

– Que viens-tu faire ici, l'Arabe ? Que cherches-tu ?

Sans se laisser décourager par la méfiance et le regard inquisiteur de l'homme qui a prononcé ces paroles, Mouloud lui répond :

– Je suis porteur d'un message pour votre chef, Andreï Parocki, de la part du chef du village de Mansourah. Je dois le voir et lui remettre ce pli en mains propres, à lui et à personne d'autre. C'est extrêmement urgent et important, c'est une question de vie ou de mort. Menez-moi jusqu'à lui, je vous en prie, il y va de votre vie comme de la mienne.

Les deux gardes discutèrent entre eux, longuement. Ils se concertèrent, flairant un mauvais coup. Et si ce piètre cavalier, d'un âge déjà avancé, n'était chargé que d'endormir leur méfiance par son aspect inoffensif ? Les deux gardes savaient bien que toutes les localités arabes des environs étaient en pleine ébullition, galvanisées par les discours de haine tenus par l'envoyé du grand mufti de Jérusalem, qui avait visité tous ces villages les uns après les autres. Après une fouille minutieuse, destinée à s'assurer que le visiteur ne portait pas d'armes sur lui, les deux gardes laissèrent entrer Mouloud, et le conduisirent jusqu'à Andreï. Le chef du kibboutz ne manifesta aucune surprise en le voyant arriver, croyant qu'il était porteur d'un message de félicitations de la part de son maître pour le mariage de ses enfants.

Andreï se saisit de la lettre, décacheta l'enveloppe et se mit à lire la missive. Son visage se figeait au fur et à mesure qu'il lisait son contenu. Arrivé à la fin du document, ayant de la peine à garder son calme, il demanda à Mouloud, d'une voix altérée par la fureur :

– Ton maître attend-il une réponse ?

Le vieux serviteur répondit aussitôt, des sanglots dans la voix :

– Non, mon maître n'attend pas de réponse.

Une fois sa mission accomplie, soulagé, Mouloud se retira et prit le chemin du retour vers Mansourah, au même train qu'à l'aller.

Le pressentiment qu'il avait eu en quittant le Mokhtar s'était précisé, et c'est dans un village en deuil qu'il pénétra. La place principale de la bourgade retentissait des « youyous » des femmes, qui pleuraient la mort de leur chef. La maison d'Ibrahim était pleine de visiteurs, qui venaient présenter leurs condoléances à Mourad, effondré. La garde bédouine faisait maintenant office d'ordonnateur de pompes funèbres, aidant la nombreuse maisonnée à préparer les obsèques d'un homme aimé et respecté de tous, bien au-delà des limites du district.

Si Mouloud ignorait la teneur du message qu'il avait porté, il en avait deviné le contenu. Les événements récents survenus au village, l'assignation à résidence du Mokhtar et le coup de force perpétré par Mourad et l'envoyé du mufti : tout cela n'était que trop clair. Il tenait Mourad pour responsable de la mort de son père, et du déshonneur qui allait s'abattre sur le village. Il regrettait de devoir le reconnaître pour chef, et pensait qu'il n'était pas digne de cette fonction, et que sa haine pour les Juifs attirerait le malheur sur Mansourah.

Mourad était un jeune fou, épris de violence, tout juste bon à haranguer le cortège de jeunes excités de son acabit qui formait son escorte habituelle. Et ce d'autant plus que, parmi cette bande, se trouvait son propre fils. Mais, pardessus tout, Mouloud redoutait l'épreuve de force que Mourad voulait engager avec les habitants du kibboutz d'Ein Harod.

À Ein Harod, Andreï savait qu'il n'avait pas une minute à perdre. Du fond du cœur il remerciait Mokhtar de l'avoir prévenu à temps de l'attaque qui se tramait contre le kibboutz, et ne savait pas que le chef arabe avait payé de sa vie cet acte de générosité, bien digne du grand seigneur qu'il était. En quelques heures il mit le kibboutz en état de défense, doublant la garde autour du village, et s'apprêtant à soutenir un siège. C'est au milieu de ces préparatifs qu'on lui annonça l'arrivée du grand rabbin de Jérusalem.

L'homme de Dieu fut surpris de trouver le kibboutz en état de guerre, alors qu'il venait y bénir deux mariages. Les mariés, Ben et Jérémy, étaient pour l'heure occupés à toute autre chose qu'à l'organisation de leurs noces. Ils faisaient partie de l'état-major d'Andreï, avec Myriam, qui connaissait la région et son relief accidenté comme personne, et Alberto. Alberto qui n'avait pu s'empêcher de dire à Andreï, mi-rieur mi-sérieux : « Ici en fait rien n'a changé depuis mon départ.

C'est toujours la guerre. Puisque c'est ainsi nous nous battrons. Mais crois-moi, on ne leur fera pas de cadeaux. »

La mise en état d'alerte du kibboutz se poursuivait, méthodiquement, avec une ténacité et un sens de l'organisation dont Andreï avait toujours su faire preuve. Deux mitrailleuses lourdes avaient été placées en batterie aux points les plus vulnérables du village. Les femmes et les enfants avaient trouvé un refuge sûr dans les caves qui jusqu'alors n'avaient abrité que le matériel radio clandestin d'Ein Harod. Des projecteurs avaient été disposés aux quatre points cardinaux, afin d'éblouir les assaillants et de permettre aux défenseurs du kibboutz de voir l'ennemi dès qu'il apparaîtrait à l'horizon. Deborah ne participait pas directement à ces préparatifs militaires, mais impressionna sa nouvelle famille par son sang-froid.

Quant à Myriam, elle avait profité de la présence du grand rabbin de Jérusalem pour lui demander de présider une assemblée de prière. Rescapé des pogroms et des camps nazis, le dignitaire religieux improvisa un lieu de culte de fortune dans les sous-sols, et réunit toute la communauté.

C'est sans préambule qu'il entra dans le vif du sujet :

– Mes frères, ce soir nous devions nous réunir pour célébrer l'union de Jérémy et de Myriam ainsi que celle de Ben et de Deborah. Dieu en a décidé autrement, et il va falloir nous armer de patience pour célébrer le mariage des enfants d'Andreï et de Sarah. Mais partie remise n'est jamais perdue, nous le savons tous ici. Nous n'avons rien à craindre, soyez-en persuadés. Ein Harod est l'un des kibboutz les plus sûrs et les mieux protégés de toute la Palestine. Nos ennemis, aveuglés par la haine, ne connaissent pas notre détermination et l'espérance qui nous porte. Aujourd'hui le peuple d'Israël écrit, sur cette terre, une nouvelle page de son histoire. Croyez-moi mes frères, pour nous il n'y aura plus jamais, plus jamais de Massada.

Après cette cérémonie aussi brève que chargée d'émotion, Andreï et Alberto partirent en éclaireur afin de s'informer sur les préparatifs militaires de l'ennemi. Montés sur les meilleurs chevaux du kibboutz, ils observaient du haut d'une colline surplombant Mansourah la colonne de Bédouins armés jusqu'aux dents qui, lentement, s'ébranlait. À dos de chameaux, les combattants arabes atteignaient une bonne centaine d'hommes.

Une fois en possession des informations qu'ils étaient venus chercher, Andreï et Alberto quittèrent leur poste d'observation et regagnèrent Ein Harod, où la tension était à son comble. Lorsque les deux hommes revinrent au kibboutz, ils n'avaient qu'une heure d'avance, tout au plus, sur la légion arabe qui s'apprêtait à les attaquer. Les derniers dispositifs de défense furent pourtant mis en place sans la moindre panique, sans cette précipitation qui, défaite des volontés et des énergies, porte souvent en germe la défaite des armes.

Les tireurs d'élite d'Ein Harod étaient embusqués à tous les points stratégiques pour la défense du kibboutz, dérobés à la vue de l'ennemi par des sacs de sable. Les miradors avaient reçu les moyens de défense qu'on ne déployait que dans les circonstances exceptionnelles. Les combattants avaient tous reçu la même consigne : ne pas ouvrir le feu avant que l'ordre en soit donné. Et c'est lors d'une ultime inspection par Andreï que les habitants d'Ein Harod virent se dresser en contrebas des collines les hautes silhouettes des Bédouins, avançant sur leurs vaisseaux du désert comme à la parade. Nimbés par la lumière de la pleine lune, leur magnificence ne faisait que souligner l'anachronisme de leur tenue et de leur armement, anachronisme que renforçait encore le choix de leur monture.

Alors que les Bédouins, sans hâte, s'approchaient du kibboutz, Andreï se saisit d'un haut-parleur et tenta de parlementer, d'obtenir leur retraite sans que le combat soit livré. Peine perdue. Rendue ivre de haine par les discours de Mourad et de l'envoyé du mufti, la milice arabe voulait son baroud d'honneur. À n'importe quel prix. Les Bédouins saccagèrent dans les règles de l'art les vergers entourant le kibboutz, réduisant à néant les plantations d'agrumes qui faisaient la fierté d'Ein Harod.

C'est alors qu'Andreï donna l'ordre de tirer. Les Bédouins placés en première ligne tombèrent les uns après les autres, dans un brouhaha assourdissant. Le bruit des mitrailleuses couvrait à peine celui des corps qui tombaient de leur monture, aussitôt piétinés par les chameaux pris de panique. La débandade fut indescriptible. Rebroussant chemin, les Arabes maudissaient le nom de Mourad, qui leur avait présenté cette opération comme une promenade de santé. Ils ne se doutaient pas qu'ils étaient attendus, et que les habitants d'Ein Harod leur réserveraient un accueil à leur façon.

Mourad fut le seul à ne pas déserter le champ de bataille, à rester à portée de fusil des défenseurs du kibboutz. Abandonné par les Bédouins qui avaient vu s'évanouir leur rêve de pillage et de riche butin, il avait renoncé à leur tenir le discours qu'il leur répétait sans cesse depuis quelques jours : Qu'ils devaient mourir en martyrs d'Allah, pour la cause de l'Islam et de la Palestine arabe. Qu'ils seraient des lâches s'ils n'acceptaient pas ce combat. Que les Juifs n'étaient que des poules mouillées, une race d'usuriers en caftans graisseux, alors qu'eux étaient des seigneurs de la guerre, qui depuis des générations étaient rompus au métier des armes et à son code de l'honneur.

Tout ce que Mourad avait fait, il l'avait fait par esprit de vengeance, pour châtier cette Juive insolente qui n'avait pas voulu de lui, la châtier elle et son peuple, de manière exemplaire. Il n'avait plus rien à perdre. Son père était mort à cause de lui, du moins c'est ce que tout le monde pensait à Mansourah. La défaite qu'il venait de subir avec les cavaliers bédouins n'allait pas augmenter sa popularité, il pouvait en être certain.

Dans un ultime sursaut d'orgueil, il trouva en lui la force de déployer l'énergie du désespoir. Abandonné de tous, la mort lui serait un sort plus doux que la réalité qu'il était obligé d'affronter. Sa ceinture bardée d'explosifs, il éperonna sa monture et se lança au galop vers les miradors illuminés, qui semblaient le narguer. Il partit, seul, à l'assaut du kibboutz, jetant des grenades dégoupillées vers les rangs des assiégés et hurlant : « Allah akbar ! Allah akbar ! »

Une salve de mitrailleuse partit dans sa direction depuis l'un des miradors. Il fut transpercé de part en part par les balles, atteint en même temps que son cheval. La triste conclusion de ce combat peu glorieux, mené par des hommes que seule la haine animait. Des hommes qui refusaient de vivre en bonne intelligence avec leurs voisins, qui étaient venus s'établir sur cette terre habités par des intentions pourtant on ne peut plus pacifiques. Au matin Andreï et Alberto allèrent chercher le cadavre de Mourad.

Andreï ne put s'empêcher d'être ému jusqu'aux larmes lorsqu'il reconnut, dans la dépouille qui gisait à terre, le jeune homme qu'il avait pris plaisir à fréquenter dans d'autres circonstances, des circonstances plus heureuses. Il décida de faire transporter le corps jusqu'à Mansourah afin de le restituer au Mokhtar Ibrahim, dont il ignorait la mort, dans les délais les plus brefs. Andreï pensait qu'il y allait de son devoir de chef, qu'il devait bien ça au Mokhtar, qui les avait prévenus à temps du danger qu'ils couraient, lui et tous les habitants du kibboutz.

Mais il eut affaire à forte partie. Sarah, Myriam et Deborah ne voulaient pas entendre parler de cette expédition chez l'ennemi, dans ce village arabe dont les habitants les avaient attaqués pas plus tard que la nuit précédente. Ben et Jérémy se proposèrent pour s'acquitter de cette mission dangereuse, sachant tout le prix qu'y attachait Andreï. La dépouille de Mourad devenait encombrante. Un double conseil de famille, unissant les Parocki et les Jackson, arriva finalement à un accord qui calmait les angoisses des uns tout en ménageant l'honneur des autres. Il fut décidé que le corps serait remis aux autorités britanniques, afin qu'elles le rapatrient à Mansourah. Pour une fois que l'occupant anglais servirait à quelque chose d'utile !

Mais l'armée de Sa Majesté n'eut pas besoin de transformer ses véhicules blindés en corbillard. À peine cette solution avait-elle été retenue que l'un des guetteurs postés sur les miradors signala l'arrivée d'une délégation arabe. Mené par Mouloud, le petit groupe d'hommes était précédé d'un drapeau blanc. Signe qui, après les événements de la nuit, était loin d'être inutile. Le fidèle serviteur venait chercher la dépouille du fils de son maître. Et c'est par la bouche de Mouloud qu'Andreï apprit la mort de son vieil ami le Mokhtar Ibrahim. À son retour à Mansourah, Mouloud fut accueilli en héros. La mort tragique de Mourad avait fait de lui un martyr de la cause du nationalisme arabe, et les villageois surent le vénérer mort comme ils n'avaient jamais su l'apprécier de son vivant.

C'est le lendemain que le mariage des enfants d'Andreï fut célébré au kibboutz. Jamais Ein Harod n'avait connu de pareille fête, malgré l'impression de choc qu'avait laissée l'attaque qui avait eu lieu l'avant-veille. Les deux mères, Sarah et Rachel, avaient tout fait pour détendre l'atmosphère, et le grand rabbin de Jérusalem avait été le premier à donner l'exemple de l'insouciance qui devait présider à ce jour de liesse.

Ce jour-là on oublia les combats et les dangers, l'immigration clandestine et les Anglais, les Arabes et l'ONU. Il n'y eut qu'une seule chose qu'on n'oublia pas : le bonheur rayonnant des quatre jeunes gens, gage de pérennité de la présence du peuple juif sur la terre d'Israël. Grâce à eux, grâce à l'enfant que portait déjà Myriam, on pouvait prédire que, de ce noyau d'émigrants en butte à toutes les difficultés, allait naître une grande nation, fière, libre, courageuse, qui saurait faire entendre partout de par le monde la voix de la justice et de la paix.

Chapitre 12

Les jours qui suivirent permirent aux habitants d'Ein Harod de prendre un repos bien mérité, après l'attaque des Bédouins et les festivités du mariage des enfants d'Andreï et Sarah. Au kibboutz on prenait conscience que l'indépendance du futur État juif ne pourrait se gagner que par les armes. Les contacts entre les Anglais et les colons juifs étaient devenus inexistants, ou peu s'en faut, et Andreï avait dit à Alberto : « La partie qui se joue est très serrée. Les Britanniques n'ont pas encore compris qu'ils n'ont plus rien à faire ici. L'Irgoun multiplie les enlèvements d'officiels anglais, en représailles des exécutions de ses membres sur ordre du gouverneur nommé par Londres.

Pour toute réponse les Anglais bouclent nos villes, décrétant l'état de siège et instaurant un couvre-feu. Je crois qu'ils ne savent plus très bien où ils en sont. Leur politique ne contribue pas à calmer le jeu. D'ailleurs les attentats ont repris de plus belle. Rien que dans la journée d'hier, l'attaque des bureaux d'une compagnie britannique à Haïfa a fait deux morts. Les Anglais déportent en masse des activistes juifs à Chypre, mais c'est peine perdue. D'ailleurs les nôtres commencent à se rebeller et à ne plus se laisser déporter sans résistance. Si ça continue, les Anglais vont ouvrir des camps de concentration pour nous y parquer.

Comme Hitler ! J'ai parfois l'impression que ça ne finira jamais... »

Alberto ne partageait pas entièrement l'opinion d'Andreï, et lui avait répondu : « Il ne sortira jamais rien de bon des actes de terrorisme auxquels se livrent certains militants sionistes. Les Anglais ne sont plus maîtres du jeu et ils s'en rendent compte. Je suis sûr que, sous peu, ils nous soumettront de prétendus plans de paix, plus fumeux les uns que les autres, et tous inacceptables pour les Juifs comme pour les Arabes. Moi c'est sur l'Amérique que je compte.

Tu sais que Truman est tout acquis à notre cause. Et tu connais le poids de la communauté juive aux États-Unis, et son influence politique. La partition de la Palestine que les Britanniques ont en tête est un non-sens. Deux États confettis, sans continuité territoriale, et sur lesquels Londres garderait la haute main, bien entendu. Ah pour diviser ils sont forts, les Anglais ! Et dire que certains pensent que ce plan de partage constitue un pas en avant vers la solution de nos problèmes... »

Alberto continua d'exposer ses vues à Andreï. « L'avenir de notre futur État va se jouer dans l'année qui vient. Les Anglais le savent très bien, et ils ont d'ailleurs donné l'ordre à ceux de leurs fonctionnaires qui vivent en Palestine avec femmes et enfants de leur faire quitter le pays. Et puis la Grande-Bretagne est une puissance à bout de souffle, qui ne représente plus rien en comparaison de la force colossale des États-Unis. Ce pays a financé, à lui seul ou presque, toute la dernière guerre, sur tous les théâtres d'opération. En Grèce les Américains ont pris la relève des Britanniques, qui n'ont plus les moyens de leur politique d'hégémonie.

Et puis Londres a assez à faire avec l'Inde, où les jours de la présence "impériale" britannique sont comptés. Crois-moi Andreï, c'est dans l'Amérique qu'il faut placer tous nos espoirs. Et je ne dis pas ça parce que je suis citoyen américain. Sous peu, les Anglais seront obligés de poser de manière concrète, avec un calendrier précis, le problème de l'avenir politique de la Palestine. Pour le moment ils ne font que temporiser, en essayant de gagner du temps et de mettre les Arabes de leur côté, comme ils le font aux Indes avec les musulmans, qu'ils dressent contre les Hindous. »

La réponse d'Andreï ne tarda pas. « Les Arabes ne sont pas dupes, crois-moi. Ils savent très bien à quoi s'en tenir sur la fiabilité des promesses anglaises. D'ailleurs ils ne pardonnent pas aux Britanniques d'avoir renié leur engagement, la création d'un grand royaume arabe formé de la Syrie, de l'Irak et de la Transjordanie, placé sous le sceptre de la dynastie hachémite, la famille des chérifs de La Mecque évincés du Hedjaz par Ibn Séoud. D'ailleurs certains des leurs, plus nombreux qu'on ne croit, combattent à nos côtés. » Alberto, surpris par ces dernières paroles, demanda quelques éclaircissements à Andreï. « J'avais entendu dire que des Arabes avaient rejoint nos rangs, mais je dois t'avouer que je n'y croyais pas. Je pensais qu'il s'agissait d'une propagande un peu maladroite. Explique-moi... »

« Bien sûr, Alberto, je ne vais pas te faire croire que nous disposons du soutien de milliers d'Arabes tout acquis à notre cause, et qui rêvent chaque nuit de se retrouver à leur réveil dans un État juif indépendant. Mais, encore une fois, les Arabes qui nous aident dans notre combat sont plus nombreux que ce que pourrait imaginer un observateur extérieur aux luttes politiques qui agitent la Palestine. Pour te donner un exemple, un seul, sache que c'est un Arabe, Youssef Abou Gosh, qui nous a aidés à faire s'évader d'un hôpital-prison l'une de nos militantes, qui y était incarcérée. Cette jeune femme était pourtant placée sous haute surveillance, crois-moi, et strictement interdite de visites. Mais le groupe Stern et ses alliés arabes ont bien fait les choses, et l'ont libérée sans encombre. Un travail d'orfèvre... »

Mais Alberto pensait que là n'était pas la question, pas tout à fait du moins. « Écoute Andreï, tu le sais comme moi, ce n'est pas une poignée d'Arabes qui vont faire l'avenir du sionisme. Tout ce que je constate c'est que les Anglais paniquent, et que quand un occupant commence à perdre son sang-froid, c'est qu'il ne va pas tarder à plier bagages. Jusqu'au vote qui va avoir lieu à l'ONU sur l'avenir de la Palestine, les Britanniques vont tout faire pour nous présenter à l'opinion mondiale comme une bande de terroristes sanguinaires et irresponsables, parfaitement incapables en tout cas de gérer un État souverain reconnu par la communauté internationale. Les Anglais ont tout intérêt à démontrer que, après leur départ, la Palestine sera à feu et à sang. Et je ne te cache pas que je redoute, d'une certaine manière, la fin du régime du mandat. Serons-nous assez forts à ce moment pour faire entendre notre voix ? Aurons-nous assez d'appuis politiques pour imposer nos vues sur l'avenir de ce pays ?

Ces paroles d'Alberto donnèrent l'occasion à Andreï d'aborder le sujet qui lui tenait le plus à cœur. « C'est justement parce que l'avenir de notre peuple est incertain sur cette terre qui est pourtant la nôtre que nous avons besoin du soutien de la diaspora, et de la diaspora américaine en particulier. Sans argent, sans armes, nous serons balayés, exterminés par les Arabes de Palestine et leurs puissants alliés : l'Égypte, la Syrie, la Transjordanie, le Liban, l'Arabie Saoudite, l'Irak. Bref tous les pays qui nous entourent, et qui voient dans le sionisme un obstacle à abattre par tous les moyens.

Nous voulons construire une société moderne et démocratique, et non pas végéter dans un Moyen Âge politique qui est le lot de tous les pays arabes. De ce point de vue, nous sommes les alliés objectifs des Américains dans la région. Les États-Unis veulent prendre pied au Moyen-Orient. C'est l'occasion ou jamais. Quand tu retourneras aux States, dis-le bien à tes interlocuteurs, à New York, à Chicago, à Boston, à Philadelphie, à San Francisco, à Los Angeles, bref partout où notre communauté est assez forte pour peser dans la balance des décisions politiques du Congrès. Dis-leur qu'un État d'Israël indépendant mènera le même combat que celui que poursuivent les États-Unis depuis leur naissance. »

Alberto conclut cette conversation en s'engageant de manière ferme sur ce point auprès d'Andreï, et en lui rappelant que, de son côté, Johnny Cohen ne restait pas inactif. Que ce soit dans le domaine de la collecte de fonds pour leur cause, ou dans celui de l'achat des armes qui se révélaient de plus en plus indispensables aux Juifs de Palestine. Ben et Jérémy, eux, se préparaient à regagner les États-Unis avec leurs femmes respectives.

L'enfant de Jérémy et Myriam serait américain, comme son père, et Ben savait bien que sa carrière d'artiste serait plus facile à New York qu'à Ein Harod. D'ailleurs qui, au kibboutz, avait besoin d'un peintre adepte de la figuration libre, si talentueux soit-il ? Mais, pour Ben comme pour Jérémy, ce retour aux États-Unis n'était que temporaire. L'un comme l'autre comptaient bien revenir en Palestine et y poursuivre leur combat, qui ne serait terminé à leurs yeux que quand un État juif indépendant aurait vu le jour sur cette terre.

Deborah, en femme d'affaires expérimentée, avait créé un atelier de couture à Tel Aviv, assurant ainsi du travail à plusieurs familles. Peu de chose, certes, en comparaison de l'usine familiale new-yorkaise. Mais enfin la jeune femme pensait que tel était son devoir : participer pleinement au développement économique de la Palestine, favorisant de son mieux une expansion qui, le jour de l'indépendance, serait bien utile. Et elle avait dit à Ben : « Tu vois, nous leur enverrons nos modèles, et ils n'auront plus qu'à les fabriquer sur place. Ce n'est qu'un début d'ailleurs, et je compte bien que l'esprit d'entreprise local prendra bientôt la relève. »

Son mari avait passé son peu de temps libre à composer un grand tableau représentant les Bédouins au combat, à dos de chameaux. D'une certaine manière, il avait tenu à immortaliser à sa façon cette nuit de noces mouvementée. Une fois fixée sur la toile, nul ne pourrait plus l'oublier… Le soir de l'attaque ratée du kibboutz, il avait fait de nombreux croquis des combattants arabes sur la colline, juchés sur leurs montures, leur silhouette se détachant sur un fond nocturne, éclairé par la lune et les fusées. Le tout donnait à la scène un aspect fantasmagorique, qui avait immédiatement plu à Jimmy Cohen.

Dès qu'il avait vu la dernière œuvre de Ben, le grand avocat avait sorti son carnet de chèques, un geste qui était chez lui presque un automatisme. Et il avait dit à Ben : « Parle enfin, dis ton prix ! Quand j'aime, je paye comptant ! Tu devrais le savoir, toi qui depuis quelque temps as appris à me connaître… » Ben avait souri, et sa réponse lui vint spontanément à l'esprit : « Je crois vraiment que ce tableau ne pourrait pas tomber entre de meilleures mains. Prends-le, je te l'offre. C'est un cadeau pour toi. Après tout, tu nous as offert le voyage dans l'un de tes avions. Tu nous offriras le retour, et nous serons quittes. » Ainsi fut fait.

Quelques jours avant le départ des deux jeunes couples pour New York, Andreï et Sarah avaient réuni à Ein Harod quelques grandes figures du sionisme, qu'ils voulaient présenter à leurs enfants. Parmi ces étoiles montantes se trouvait une femme d'une quarantaine d'années, née à Kiev en Ukraine, dont le regard pétillait d'intelligence et de volonté. Cette combattante au courage bien trempé se nommait Golda Meir et, en femme hors du commun qu'elle était, avait sans préambule entrepris Jimmy Cohen. Proche de Ben Gourion, Golda Meir voulait obtenir du financier américain qu'il l'aide dans son projet d'achat d'avions militaires.

Elle avait appris par ses réseaux de renseignement que vingt-cinq Messerschmidt étaient à vendre en Tchécoslovaquie, pour un prix supérieur à un million de dollars. Connaissant l'immense fortune de Jimmy Cohen, et ses dispositions plus que favorables pour le combat qu'elle menait, elle n'avait pas hésité un seul instant à s'adresser à lui. Sa demande rencontra le meilleur accueil, et elle s'inscrivit sur la liste des passagers de la forteresse volante de Jimmy Cohen, afin de gagner New York elle aussi. Elle y plaiderait la cause des siens, une cause qui à ses yeux n'était jamais suffisamment défendue.

Sa tournée américaine fut un triomphe : les sommes qu'elle y récolta dépassèrent toutes ses espérances. Golda devint rapidement une habituée du salon des Jackson, et profita de sa présence à New York pour demander à Deborah de faire fabriquer des uniformes pour les femmes-soldats du futur État. Quinze mille jupes et autant de vestes, une paille ! Mais les capacités de production de l'usine de confection dirigée par Deborah étaient amplement suffisantes pour honorer une telle commande. Ben et Jérémy, quand ils ne goûtaient pas aux douceurs du foyer conjugal, poursuivaient leurs démarches pour acheminer des armes vers la Palestine. Des armes de plus en plus puissantes, de plus en plus perfectionnées, de plus en plus nombreuses. Ils savaient que leur travail était indispensable à la victoire de leur cause, et s'en acquittaient avec d'autant plus d'ardeur.

Leur collaboration avec Jimmy Cohen n'avait jamais cessé, et leur demandait de plus en plus de leur temps.

L'homme aux mille idées, comme ils surnommaient l'avocat, avait monté un nouveau coup. Grâce à un annuaire des anciens de l'US Air Force, il avait constitué un fichier de tous les combattants juifs ayant participé à la dernière guerre dans les rangs américains, et avait demandé à Ben et Jérémy de contacter ces vétérans. Ils devaient réparer les avions des surplus militaires rachetés par Johnny Cohen, avions réarmés qu'il envoyait en pièces détachées dans des caisses à ses amis d'Ein Harod. Il avait confié aux deux jeunes gens un sac plein de jetons de cabines téléphoniques publiques, craignant que leurs lignes privées soient placées sur écoute. On n'était jamais assez prudent, d'autant plus que leur combat entrait dans une phase décisive.

En effet, la lutte des mouvements sionistes avait connu un brusque coup d'accélérateur ces derniers mois. Alberto, aidé de son ami Teddy Kollek, délégué de l'Agence Juive, avait créé une base aérienne entièrement dévolue à leur combat à Zatec, en Tchécoslovaquie. Dans ce petit village de Moravie, le terrain d'aviation abandonné par les nazis servait, juste retour des choses, à instruire les pilotes de chasse juifs et à entraîner leurs avions, dont le nombre allait croissant grâce aux levées de fonds de Golda Meir. Le gouvernement tchécoslovaque, un cabinet de coalition où siégeaient à la fois des agrariens, des libéraux, des socialistes et des communistes, avait dès sa création au lendemain de la guerre manifesté une grande sympathie pour la cause que, avec beaucoup d'autres, les Jackson et les Parocki défendaient.

Alberto avait fait le voyage jusqu'en Europe pour inspecter la base, afin de vérifier si tout était conforme aux ordres qu'il avait donnés. Qui paye décide ! Et il avait beaucoup payé Alberto, un peu moins que Johnny Cohen certes, mais enfin… Sur cette terre d'Europe Centrale, Alberto ne put s'empêcher de penser à ses parents, tués dans un pogrom, au *shtetl* où il avait grandi, et au sort tragique qu'avaient connu tant de Juifs d'Europe. Et si Auschwitz avait permis d'obtenir de son peuple une mobilisation qui, sans cela, n'aurait peut-être jamais eu lieu ? Pouvait-on affirmer de manière certaine que la rage de vaincre de ses frères ne trouvait pas une partie de son explication dans ce drame au-delà de tout qualificatif ? Certes, le sionisme avait été fondé au siècle précédent, par Théodore Herzl. Mais la leçon des camps d'extermination nazis se devait d'être méditée.

Aujourd'hui, citoyen américain, membre éminent de la plus grande démocratie du monde, Alberto se savait hors d'atteinte de ce cauchemar. Il savait que les États-Unis soutiendraient sa cause sans défaillance, car leurs valeurs étaient, fondamentalement, identiques. Il regrettait un peu que tant de sang soit versé dans ce combat, mais comprenait l'attitude des Arabes. Après tout cette terre était la leur depuis plus de mille ans, et il était normal qu'ils ne la cèdent pas sans opposer de résistance.

Dans la perspective de cet affrontement, il savait que le prestige et la puissance de la bannière étoilée étaient le sésame des fils de Sion. Que le pays qui était garant de la liberté des peuples partout de par le monde saurait faire le bon choix. Tout à coup il se surprit à penser à un scénario de politique-fiction. Et si les Indiens d'Amérique, exterminés et parqués dans des réserves par les Européens, demandaient la restitution de leurs terres ? Ne serait-ce pas, là aussi, une justice à leur rendre ? Leur combat ne serait-il pas, alors, tout aussi légitime que celui des Juifs de Palestine ? Alberto chassa ces pensées de son esprit, et ne put s'empêcher de reconnaître qu'il était de parti pris.

C'est à ce moment qu'une voix l'arracha à ses rêveries géopolitiques, une voix d'homme, d'un homme qui venait à peine d'entrer dans l'âge adulte.

– Monsieur, je vous observe depuis un certain temps. Ne seriez-vous pas américain par hasard ?

– Oui, je suis américain, en effet, et vous ? répondit Alberto, qui avait l'allure d'un authentique Yankee.

– Oh moi je suis de partout et de nulle part. Pour résumer j'arrive de l'enfer, je me demande souvent comment j'ai pu survivre aux épreuves que j'ai traversées. J'ai peut-être fait, à mon insu, un pacte avec le diable !

Le jeune homme parlait anglais de manière très hésitante. Pour le mettre à l'aise, Alberto poursuivit la conversation en yiddish.

Son interlocuteur éclata de rire.

– Pour une fois que j'ai l'occasion de pratiquer le peu d'anglais que je connais ! Alberto observa son interlocuteur, impressionné par la lueur froide et métallique qui brillait dans les yeux de sa nouvelle connaissance.

– Tu peux dire que tu es bien tombé, jeune homme, si tu m'autorises à te tutoyer ! Je m'appelle Alberto. Tu peux me tutoyer toi aussi. Quant à la langue dans laquelle nous allons poursuivre cette conversation, c'est d'accord, nous parlerons en anglais si ça peut t'être agréable.

– C'est d'accord pour le tutoiement. Moi c'est Avram, répondit celui qui, pour Alberto, n'était déjà plus tout à fait un inconnu.

– Que fais-tu ici, poursuivit Avram, à ton âge tu ne veux tout de même pas apprendre à piloter des avions de chasse ! C'est un travail que tu dois laisser à des jeunes comme moi ! Je suis ici depuis trois semaines, et l'entraînement est tellement intensif que je n'ai pas encore eu le temps de me distraire une seule fois. Alors quand je t'ai vu, je me suis dit que l'occasion faisait le larron.

Les deux hommes décidèrent de dîner ensemble le soir même, au mess de la base aérienne. Avram, qui était curieux de nature, voulait en savoir plus sur ce mystérieux personnage qui, depuis quelques jours, parcourait Zatec en tous sens. De son côté Alberto appréciait la gouaille du jeune homme, un vrai *lustig*, un « joyeux » comme on dit en yiddish, et trouvait intéressant d'en savoir plus sur cette jeunesse juive européenne qui, à la fleur de l'âge, avait déjà vécu l'indicible.

Le *curriculum vitae* d'Avram n'était malheureusement que trop prévisible. Juif de Varsovie, déporté à l'âge de seize ans avec ses parents à Maïdanek après l'extermination des résistants du ghetto, devenu orphelin quelques jours seulement après son arrivée, quand ses parents avaient disparu dans les chambres à gaz. Il avait survécu, miraculeusement, à cet enfer et s'était retrouvé dans un camp de personnes déplacées après la libération des camps.

Avram avait ensuite voulu rallier la Palestine comme immigrant clandestin, mais avait été refoulé par les Britanniques, qui avaient dérouté vers l'Égypte le bateau sur lequel il se trouvait. Au Caire il avait rencontré un cadre de l'Agence Juive, qui lui avait conseillé de se rendre à Zatec. On y formait de jeunes pilotes, et on avait besoin d'hommes comme lui, à la fois courageux et déterminés et, surtout, qui possédaient les bases de la mécanique.

Un pilote digne de ce nom doit savoir tout faire sur son avion, ou alors ce n'est pas un bon pilote. Depuis son arrivée en Tchécoslovaquie Avram avait trouvé une vraie famille d'adoption, avec tous ses camarades qui rêvaient comme lui d'un pays qui serait le leur, pour de bon, d'un pays où ils pourraient enfin être des hommes à part entière, et non plus des hommes à part, retranchés de la société.

Alberto de son côté déroula pour son nouvel ami le film de sa vie : son évasion de Sibérie, son expérience de pionnier en Palestine, son émigration aux États-Unis, son fils et son gendre qui, comme lui à sa façon, avaient choisi de défendre la cause pour laquelle Avram apprenait à se battre. Ce dernier l'écouta, en silence, avec respect et admiration pour cet aîné qui partageait son espérance et sa foi en l'avenir.

Cependant Avram était habité par une certaine inquiétude, une inquiétude sourde qui ne laissait pas son esprit en repos.

– C'est vrai, nous la gagnerons cette guerre. Nous ne pouvons que la gagner d'ailleurs. Mais je m'interroge sur la réaction des grandes puissances. Il serait souhaitable que notre pays soit reconnu en tant qu'État dès sa naissance, et par tous les pays qui comptent au sein de la communauté internationale. Pour cela, il faudrait qu'un partage de la Palestine soit décidé par les Nations Unies.

Alberto interrompit le jeune homme.

– Ce serait évidemment un grand pas. Mais, pour autant, tout ne serait pas gagné d'avance, crois-moi.

Alberto savait que, depuis toujours, les Arabes rejetaient jusqu'à l'idée d'un plan de partage de la Palestine, toute partition de ce territoire qu'ils considéraient comme le leur, et seulement le leur. Il enchaîna :

– Tu vois Avram, il y a des moments où nécessité fait loi. Que les Arabes acceptent notre présence sans discussion, cela aurait vraiment été trop beau. Dans ce cas de figure, tu n'aurais aucune raison d'être ici, à apprendre à piloter des avions. Et moi, je n'aurais pas eu besoin de venir des États-Unis pour les financer. Mais comme les Arabes ne veulent rien entendre nous sommes pris dans un véritable engrenage.

Nous sommes dans l'ardente obligation de créer une infrastructure militaire, qui nous permettra de défendre notre peuple une fois l'indépendance acquise. Et de faire face à la convoitise des Arabes, qui ne lâcheront pas prise si facilement.

– Autrement dit, avait répondu Avram, le jour de l'indépendance, qui sera pour nous tous un jour de fête, sera également le jour où l'on verra débuter une nouvelle guerre ? C'est cela que tu veux dire ? Décidément, nous n'en sortirons jamais...

– Il faut laisser du temps au temps, avait répondu Alberto. Tu sais, en France il y a eu une guerre qui a duré cent ans. C'était aussi une guerre contre les Anglais, comme par hasard… Tu vois, ça nous laisse une certaine marge.

Je pense sincèrement que c'est en préparant la guerre que l'on gagnera la paix. Dans ce monde, Avram, pour être respecté, il faut être fort. Par exemple nous, les Yankees, nous avons dû employer les grands moyens avec les Japs pour qu'ils finissent par capituler. Bien sûr, je pense qu'avec les Arabes ou les Anglais nous n'aurons pas à aller jusque-là, à larguer des bombes atomiques sur nos ennemis. Pour conclure je te dirai, sans vouloir te donner de fausses espérances, que nous ferons ce qu'il faut pour obtenir la victoire, et que nous touchons au but.

Les deux hommes en étaient certains, cette guerre, leur peuple la gagnerait. Il était deux heures du matin quand ils se quittèrent, en promettant de se revoir.

Chapitre 13

De retour à New York, Alberto y avait retrouvé ses habitudes. Le plan de partage de la Palestine occupait tous les esprits dans la famille Jackson et, plus largement, dans l'ensemble de la communauté juive américaine. Ici aussi, on se battait pour que le futur État juif puisse voir le jour. Ben et Jérémy, ayant appris que la délégation américaine à l'ONU voulait exclure le Néguev du futur État d'Israël, avait fait de leur mieux pour que cette éventualité soit écartée.

Et ils y étaient parvenus, mobilisant toutes leurs relations politiques, et obtenant même une intervention directe de Chaïm Weizmann, un vétéran de la cause du sionisme, auprès du président Truman. Après l'entretien de près d'une heure qu'il eut avec Weizmann, le président promit à ce dernier que le Néguev serait attribué au futur État juif, et il donna des instructions dans ce sens à la délégation qui, peu de temps après, devait quitter Washington pour se rendre à New York, au siège des Nations Unies.

Alberto demeurait en contact étroit avec Johnny Cohen qui, depuis peu, s'investissait personnellement dans leur combat, bien au-delà des très substantiels secours financiers qu'il accordait depuis longtemps aux militants sionistes. L'avocat voulait mettre toutes les chances de leur côté pour que, le jour du vote à l'ONU, la décision prise leur soit favorable. Il avait appris que deux sous-commissions, composées chacune de neuf membres, prépareraient les documents sur lesquels les délégués de l'ONU auraient à se prononcer lors du vote.

Alors, comme au « bon vieux temps », comme à l'époque de la Prohibition qui avait été son âge d'or, il avait échafaudé un plan de son cru qui était, disons… à la limite de la légalité. Aidé de l'inévitable Tony Zampelli, il avait imaginé d'enlever les diplomates défavorables à leur cause pour que, le jour du vote décisif, leur absence providentielle permette d'atteindre la majorité des deux tiers indispensable à la validité de la décision onusienne.

Oh, bien sûr, ils n'étaient pas des sauvages, et ils n'avaient pas l'intention de porter atteinte à l'intégrité physique de ces otages d'un nouveau genre. Il s'agissait simplement de les « éloigner » des couloirs du Palais des Nations le jour fatidique, puis de les relâcher aussitôt après, une fois la victoire acquise pour les partisans de l'État hébreu. Johnny Cohen pensait qu'ils étaient en quelque sorte obligés d'agir ainsi car, au sein des sous-commissions, les avis étaient partagés.

Si l'une d'entre elles était tout acquise à la partition de la Palestine en deux États souverains, l'un juif et l'autre arabe, les membres de la seconde sous-commission étaient, en revanche, majoritairement favorables à un État unitaire, regroupant indistinctement Juifs et Arabes au sein d'une entité politique sur laquelle il était certain que les Anglais garderaient la haute main. Alors obtenir une « absence » propice de ces délégués le jour du vote c'était, tout simplement, une question de vie ou de mort pour ce beau rêve que les Juifs du monde entier appelaient Israël.

Cette solution s'imposait d'autant plus à l'esprit de Johnny et d'Alberto que, sur la scène internationale, la situation avait changé du tout au tout. L'URSS du maréchal Staline, qui avait jusqu'alors été l'alliée fidèle des Arabes, venait d'opérer un virage à 180 degrés et soutenait dorénavant, avec le zèle des nouveaux convertis, la cause des Juifs de Palestine. Les Arabes avaient beau jeu de se gausser de ce soutien improbable, qui leur permettait de broder sur le thème des « Juifs de Palestine, cinquième colonne de la révolution communiste mondiale », des sionistes fourriers des Rouges.

Un argument qui portait aux États-Unis, qui venaient d'entrer en pleine guerre froide. Cela les Arabes le savaient fort bien, et se plaisaient à peindre sous les couleurs les plus noires cet axe du mal d'un nouveau genre, voyant s'allier dans un attelage d'occasion victimes des pogroms et dirigeants de l'un des peuples le plus viscéralement antisémite du monde. Les Arabes jouaient sur du velours : jamais en effet les États-Unis n'accepteraient l'établissement d'un foyer d'agitation communiste au Moyen-Orient, qui déstabiliserait inévitablement toute la région, et rendrait encore plus vulnérables les monarchies féodales qui comptaient parmi les plus fidèles alliés de l'Oncle Sam.

Pour autant, Alberto persistait à émettre des réserves sur le plan de Johnny Cohen et Tony Zampelli. Si, par tempérament comme par principe, il était hostile à l'emploi de telles méthodes, il comprenait bien en revanche que, parfois « la fin justifie les moyens », comme on dit. Il voulait au préalable s'assurer le soutien des officiels de la communauté, « se couvrir », en quelque sorte. Il contacta d'abord le chargé d'Affaires de l'Agence Juive auprès de l'ONU, Benjamin Epstein. Mais il visait un soutien beaucoup plus haut, et beaucoup plus important à ses yeux : celui de Dieu lui-même, par l'intermédiaire de son rabbin préféré, le Rebbé de la synagogue du Bronx. À cette proposition qui le fit sourire, Johnny Cohen ne put qu'acquiescer, disant à Alberto : « Aide-toi, et le Ciel t'aidera. »

Le lendemain, les deux hommes se trouvaient face au rabbin, dans le bureau de ce dernier. Ils exposèrent au vieux sage la situation, dans ses moindres détails. Le discours qu'il leur tint fit sur Alberto et Johnny l'effet d'une douche glacée. « Mes amis, je préfère oublier ce que vous venez de me confier. Je connais personnellement M. Epstein, et il est absolument exclu que j'intervienne auprès de lui dans ce sens. Autant que vous, plus peut-être, je souhaite que l'État juif voie le jour, et dans les délais les plus brefs. Mais il y a entre vous et moi une différence, une seule, mais de taille : je crois en Dieu. Et je Le prie de toute mon âme, de tout mon cœur et de toutes mes forces pour que ce vœu que partagent tous les Juifs soit exaucé.

Maintenant, pour une fois, vous allez faire ce que je dis. Dans quelques instants débute le shabbat, descendons ensemble dans la synagogue et prions de concert. Pour une fois je ne douterai pas de votre sincérité quand vous priez. Et surtout, croyez-moi, “si Dieu veut, même un balai peut tirer un coup de fusil”, comme on dit en yiddish. Ne riez pas, j'en ai la preuve. Juste avant la nouvelle année j'ai prié, peut-être un peu plus et un peu mieux que d'habitude. Eh bien, pas plus tard que le lendemain, j'ai lu dans les journaux que le petit père Staline en personne avait approuvé le plan de partage de la Palestine. »

Le Rebbé tendit alors aux deux hommes la *kippa* traditionnelle, afin qu'ils entrent la tête couverte dans le lieu de culte, avant de leur souhaiter : « *Shabbat Shalom.* » Ce jour-là on aurait dit que toute la communauté juive du quartier s'était déplacée, et la modeste synagogue était pleine à craquer. Alberto et Johnny avaient revêtu leur châle rituel, et priaient avec une concentration particulière, qui impressionna le rabbin. Il est vrai qu'il n'avait pas l'habitude de voir les deux hommes plongés dans de tels exercices de piété !

Ce soir-là le sermon du Rebbé fut particulièrement réussi, et électrisa l'assistance. C'était un sermon très politique, très engagé, comme savait si bien les tourner le grand homme de foi qu'était le rabbin. « Oui mes frères, il n'est pas jusqu'à l'Union Soviétique qui n'ait compris l'importance et la légitimité de notre combat. Leur représentant à l'ONU est même allé jusqu'à dire qu'il demandait à toutes les nations de se préoccuper du sort de nos frères arrachés à leur pays, à leurs foyers. Il a ajouté que c'est par des actes qu'il fallait les aider, et non pas par des paroles. L'expérience récente a malheureusement démontré qu'aucun pays d'Europe Occidentale n'a été en mesure d'aider notre peuple quand celui-ci a fait l'objet d'une tentative d'extermination.

Vous le savez mes frères, je ne partage pas les conceptions politiques de l'URSS, et je suppose que vous non plus d'ailleurs. Mais il faut reconnaître que ce pays va puissamment contribuer à la reconnaissance de notre État par la communauté internationale. Leur délégué est vraiment allé très loin dans son discours, soulignant que les souffrances indicibles infligées au peuple juif par les nazis justifiaient amplement notre aspiration à disposer d'une patrie qui soit la nôtre. Et je n'exagère pas en vous disant que lorsque cet homme a prononcé ces paroles, il a été, cela ne fait pour moi aucun doute, inspiré par Dieu lui-même. Voilà pourquoi je vous dis et je vous répète, en ce jour saint, que très bientôt, et avec l'aide du Tout-Puissant, nous n'aurons plus à dire dans nos prières : “L'an prochain à Jérusalem.” »

Ce soir-là, après l'office, en rentrant chez lui, Alberto trouva une longue lettre de son ami Andreï. Une bonne surprise en soi, mais dont la lecture ne pouvait manquer de donner à Alberto de nouveaux motifs d'inquiétude.

Chers amis,

*Nous aimerions que chaque jour qui passe soit un pas de plus vers la liberté. Nous nous efforçons d'y croire, malgré les difficultés de l'heure : le pays tout entier est en guerre. Les Britanniques ne nous font pas de cadeaux, c'est le moins qu'on puisse dire, et, tout récemment, un bateau dont vous avez entendu parler, l'*Exodus*, s'est vu refuser l'entrée dans le port d'Haïfa. Les immigrants ont été déroutés sur Hambourg, et les incidents violents qui ont eu lieu à bord ont fait trois morts et quarante blessés.*

En guise de représailles un commando de la Haganah a dynamité la station radar de l'armée anglaise, celle-là même qui servait à repérer les embarcations clandestines qui approchaient de nos côtes. Comme quoi, nous aussi, nous leur rendons la vie dure, sans leur laisser un seul jour de répit. Un de nos commandos, composé d'hommes-grenouilles, a gravement endommagé à l'aide d'une mine l'un de leurs bâtiments les plus importants, le Royal Oak. *La réaction anglaise ne s'est pas fait attendre, et leur police militaire a procédé à l'arrestation de tous les maires des localités juives de Palestine.*

Les incarcérations arbitraires se multiplient à tour de bras, et toute l'élite du pays a désormais tâté de la prison : les avocats, les médecins, les journalistes, les professeurs d'université et les hauts fonctionnaires. Une simple suspicion de sympathie pour l'Irgoun suffit à être arrêté et détenu. La situation est devenue un véritable cycle infernal. L'Irgoun bien sûr réplique aussitôt, multipliant les actions violentes, attentats et autres. Dernièrement des hommes appartenant à l'organisation ont fait sauter le commissariat central de Haïfa.

Bilan : treize morts et vingt-huit blessés graves. Pourtant je ne peux m'empêcher de croire que c'est l'Irgoun qui a raison sur le choix de la stratégie à adopter, même si, tu le sais, par nature, l'action diplomatique a toujours eu ma préférence. La meilleure preuve, c'est que tout récemment, le ministre britannique des Colonies a déclaré, je le cite : « La Grande-Bretagne est disposée à mettre fin à son mandat sur la Palestine et à retirer son armée et son administration. »

En fait ils n'ont pas vraiment le choix, leur armée est paralysée et leur administration tremble de peur, se barricadant dans des bâtiments transformés en bunkers. Tu le vois, tout cela n'est pas très réjouissant. Tant de morts pour en arriver là... Comme tu t'en doutes, ici, nous sommes tous partagés entre l'angoisse et l'espérance. Le vote de l'ONU est attendu avec l'impatience que tu devines. Nous savons tous que le vote sera très serré, et que ça se décidera à une ou deux voix près. Je m'interroge sur la position soviétique. Je trouve que les Russes ne sont pas très « francs du collier ». Pour eux nous sommes avant tout un mouvement d'opposition à la colonisation britannique. A priori *cela devrait plutôt servir notre cause, mais tu sais mieux que personne que rien de ce qui touche à notre terre n'est normal. D'autre part j'ai peur que le soutien de l'URSS distende nos liens avec Truman.*

Mais j'oublie l'essentiel. Le plus important, ce qui compte plus que tout, c'est la vie et le bonheur de nos enfants. Sarah et moi espérons bien être à vos côtés le jour de la naissance de l'enfant de Myriam et Jérémy. J'espère que cet heureux événement donnera à Ben et Deborah l'envie de suivre cet exemple. Sachez que vous ne quittez jamais mes pensées, pas plus que celles de Sarah, qui vous envoie mille baisers.

À bientôt, affectueusement.
Andreï

Alberto lut la lettre de son ami à tout le clan Jackson, rassemblé au grand complet. Johnny Cohen, mâchonnant son éternel cigare, était présent lui aussi ce jour-là. À la fin de la soirée, Alberto et Johnny décidèrent « d'affranchir » Ben et Jérémy, et de leur faire part de leur projet, qui n'avait pas eu l'heur de plaire au Rebbé. L'avocat ami de la famille était surexcité, et commentait fiévreusement les derniers débats qui agitaient les cercles dirigeants sionistes. « Je ne suis pas d'accord avec Ben Gourion, qui s'obstine à réclamer pour les Juifs la totalité de la Palestine.

Ce genre de position maximaliste ne peut que nous nuire dans l'opinion publique internationale et, surtout, au moment du vote de l'ONU. Les Arabes vont encore avoir le beau rôle, en nous présentant comme des accapareurs qui veulent les chasser de leur terre. Je trouve que Weizmann a raison de vouloir se limiter à une partie du pays, mais une partie qui serait vraiment à nous, avec un statut d'État souverain à part entière, et reconnu comme tel par l'ensemble de la communauté internationale. »

Toujours avides d'action, Ben et Jérémy virent dans le projet de Johnny Cohen l'occasion de se donner quelques frissons, eux qui depuis longtemps n'avaient plus affronté le danger de près. Comme d'habitude, Johnny et Tony Zampelli s'occuperaient de la logistique de l'opération. Ben et Jérémy, eux, se faisaient fort d'arracher l'accord d'Epstein. Malgré ses fortes réticences, que les arguments de Johnny Cohen n'avaient pas vaincues, Alberto donna son accord.

Plus pour ne pas perdre la face, d'ailleurs, que parce que son autorisation était indispensable : son fils et son gendre lui avaient fait comprendre de manière très claire que, de toute façon, ils se passeraient de sa bénédiction dans cette affaire. Les quelques risques, c'est eux qui les prenaient. Et s'ils ne parvenaient pas à convaincre Epstein ils passeraient outre. Ils auraient tout fait pour essayer de le gagner à leur cause, et ils n'auraient donc pas à avoir le plus petit regret.

Leur plan était simple. Les diplomates à « neutraliser » représentaient trois pays : le Paraguay, les Philippines et l'Inde. Après une enquête minutieuse de la branche américaine du Mossad, il apparaissait que les délégués des autres pays représentés au sein de la sous-commission qui « posait des problèmes » n'étaient pas hostiles au plan de partage, et pouvaient donc être écartés des « cibles » de l'opération.

Un doute subsistait cependant à propos de la Grèce, suspectée d'être favorable aux pays arabes à cause de ses ressortissants nombreux dans la région, notamment en Égypte et au Liban.

Alberto comptait et recomptait les voix, inlassablement, et était arrivé à la conclusion que trois « absences » suffiraient à faire pencher la balance du bon côté. Tony Zampelli avait, lui, d'autres soucis en tête, et avait mis à la disposition des conjurés l'une de ses « planques » favorites, une superbe demeure dans la vallée de l'Hudson, propriété de l'archevêché de New York. Un pedigree inattaquable, pour une bâtisse enfouie dans un parc immense, offrant donc toutes les garanties de discrétion, et dont le luxe offrirait bien des compensations à ses hôtes quelque peu… contraints. Zampelli avait toujours su être un excellent exécutant, ne posant aucune question, et se contentant de tenir son rôle de la manière la plus efficace possible.

On était à quatre jours seulement du vote de l'ONU qui devait sceller le sort de la Palestine. Ben et Jérémy n'avaient pas réussi à obtenir un entretien avec Epstein qui, on s'en doute, redoublait d'activité au service de sa cause. Johnny Cohen se dévoua, sachant qu'à lui le délégué de l'Agence Juive ne pouvait refuser un rendez-vous dans les délais les plus brefs, et qu'il le recevrait à coup sûr. Mais l'écouterait-il ? Quand il arriva au pied du building où se trouvaient les bureaux de la représentation sioniste à New York, Johnny Cohen savait que la partie n'était pas gagnée d'avance. Et c'était un euphémisme. Il savait à quel point l'Agence Juive ne souhaitait pas apparaître comme liée à des hommes qui employaient des méthodes pas tout à fait dans les normes de la diplomatie classique.

Il était tout juste 16 heures lorsque Alberto avait déposé Johnny Cohen au numéro 30 de la 66e rue. L'avocat avait son Stetson vissé sur la tête, mais s'était habillé de manière moins voyante qu'à l'accoutumée. Il avait dit à son ami : « Je me suis habillé comme un lord anglais. Je ne veux pas être remarqué, tu comprends ? » Alberto avait acquiescé et lui avait souhaité bonne chance, ajoutant : « Jette ton cigare avant d'entrer, il se peut qu'Epstein soit non-fumeur. Mets tous les atouts de ton côté. » Docile, Johnny obtempéra.

Dès son entrée dans le hall de l'immeuble, deux cerbères lui barrèrent le passage.

– Ici on n'entre pas comme dans un moulin. Qui êtes-vous ? Que voulez-vous ?

Pas démonté pour si peu, Johnny fit face, avec son courage et son bagou habituels.

– Je suis Maître Johnny Cohen, avocat au barreau de New York. Je sais que M. Epstein est en plein travail à cause du vote qui aura lieu demain, et je dois le voir au plus vite à ce sujet. Je peux beaucoup pour faire avancer notre cause. Laissez-moi passer. Si vous ne le faites pas, vous porterez une très lourde responsabilité dans un échec auquel je ne veux même pas penser.

Les deux vigiles ne semblèrent pas totalement convaincus par ce discours : les ordres, sans aucun doute. L'un d'eux demanda à Johnny de patienter quelques instants. Sans se presser, calmement, très calmement, il se dirigea vers un bureau dans lequel une certaine agitation semblait régner. Derrière une grande baie vitrée, face à un bureau encombré de documents, siégeait une dame entourée de plusieurs combinés téléphoniques. Les appareils sonnaient sans arrêt, obligeant la pauvre femme à déployer des trésors d'organisation pour répondre à l'un tout en mettant l'autre en attente, avant de décrocher un troisième poste.

Dès qu'elle eut trouvé un instant de répit, la secrétaire échangea quelques mots avec le garde, et fit signe à Johnny de s'approcher. L'avocat reprit espoir, et exposa de nouveau le motif de sa visite :

– Je vous en prie, il faut absolument que j'aie un entretien avec votre patron. Vous pouvez me faire confiance. Même si je ne suis pas diplomate, je peux faire beaucoup pour aider M. Epstein.

Après avoir dévisagé l'intrus et l'avoir toisé de la tête aux pieds, la dame d'âge mûr s'amadoua un peu, et finit par dire à Johnny :

– Bien, bien ! J'espère simplement que je ne vais pas me faire virer à cause de vous. Je ne vous promets rien, mais je vais faire tout mon possible pour que vous soyez reçu par M. Epstein.

C'est tout ce qu'attendait Johnny Cohen. La voyant se diriger vers le bureau du diplomate, il força le passage, s'engouffrant dans l'espace étroit ouvert par la porte que la secrétaire n'avait pourtant fait qu'entrebâiller. Il se trouva dans le bureau d'Epstein avant l'assistante de ce dernier, qui s'insurgea, entrant dans une véritable fureur. « Vous n'êtes pas un gentleman ! Je n'ai jamais vu de tels procédés ! Un voyou, oui, un voyou, voilà tout ce que vous êtes ! » Johnny se contenta de la regarder avec un sourire narquois, mêlé d'une certaine condescendance.

Face à lui se trouvait Benjamin Epstein, surpris par cette irruption, et interloqué par la présence d'un tel énergumène dans son bureau, dont l'accès était pourtant « filtré », pour employer un euphémisme. Il tenta d'apaiser sa secrétaire :

– Que se passe-t-il ? Il y a un problème ?

L'employée répondit d'une voix mal assurée :

– Monsieur, Monsieur… c'est que… Cet homme m'a suivie, il a forcé votre porte, avant même que j'aie eu le temps de vous demander un entretien… Voulez-vous que j'appelle les gardes, et que je le fasse déguerpir au plus vite ?

Sans attendre la réponse du diplomate, Johnny s'adressa directement à lui, voyant là sa dernière chance de pouvoir enfin lui parler.

– M. Epstein, ce que j'ai à vous dire est de la plus haute importance. Je vous en prie, faites sortir cette charmante dame !

C'est ce que fit sans attendre le représentant de l'Agence Juive à New York. Et la secrétaire tourna les talons, verte de rage d'avoir été désavouée par son patron devant un inconnu. Johnny Cohen était « dans ses petits souliers », comme on dit. À ce moment précis, il avait perdu son assurance habituelle, et transpirait à grosses gouttes. Benjamin Epstein l'impressionnait. Terriblement. L'avocat savait fort bien que, ce jour-là, il allait prononcer la plaidoirie la plus importante de toute sa carrière, une plaidoirie dont dépendait le sort de millions d'hommes.

Il exposa, longuement, posément, avec des arguments choisis, son projet à Benjamin Epstein. Ce dernier restait silencieux, jaugeant l'homme qu'il avait en face de lui en même temps qu'il l'écoutait, de l'air le plus attentif. Johnny Cohen prenait bien garde à ne pas employer de mots qui pourraient indisposer le diplomate, tels que « enlèvement » ou « otages ». Il n'était pas avocat de profession pour rien, Johnny Cohen ! Il axa plutôt son discours sur la solidarité indispensable entre Juifs et, surtout, sur le caractère absolument décisif du vote qui allait avoir lieu. Ne pas mettre toutes les chances de leur côté ce jour-là, c'était se tirer une balle dans la tête, c'était réduire à néant des années de lutte, de combat, de patiente obstination, de sacrifices. C'était avoir versé son sang pour rien, avoir dépensé des centaines de millions de dollars en pure perte.

Après son plaidoyer, réajustant sa cravate, Johnny reprit son souffle, attendant le verdict qui allait tomber. À la suite de ce brillant exposé, Benjamin Epstein sortit de son silence. Un sourire chaleureux aux lèvres, il remercia Johnny Cohen de sa proposition. Mais ce fut pour ajouter aussitôt que la situation ne justifiait pas des mesures aussi « expéditives ».

Parce qu'il était bien renseigné, Epstein savait que la majorité des deux tiers serait atteinte à coup sûr le jour fatidique, sans qu'il soit besoin pour cela de sortir de la légalité. Ces informations, il les avait reçues le jour même, et elles n'étaient connues que d'un tout petit nombre de dirigeants.

« J'avoue que vous me tentez, lui avait-il dit. Votre démarche me touche profondément, et je ne sais comment vous remercier. Mais il ne faut pas croire tout ce que disent les journaux. On trouve dans leurs colonnes le meilleur comme le pire, tout et son contraire. Mais, sincèrement, sachez que nous touchons au but. Ce n'est pas parce que nous traînons derrière nous cinq mille ans d'angoisse et d'inquiétude que nous devons pour cela nous laisser démoraliser. Oui, M. Cohen, croyez-moi : demain ils voteront le partage, j'en suis certain. Cette majorité des deux tiers, nous l'aurons. Et, après deux mille ans, notre État juif aussi, nous l'aurons, enfin… »

Ce résultat, obtenu de haute lutte, était le fruit d'un travail de longue haleine, que l'Agence Juive n'avait pas cessé de mener depuis la fin de la guerre. Patiemment, la diplomatie sioniste, en quelques années seulement, avait su tisser les fils de cette réussite inespérée. Alors il ne fallait pas tout gâcher par des actions courageuses certes, mais que leurs ennemis ne seraient que trop heureux de révéler au monde entier, et d'exploiter au détriment de la cause qu'ils servaient tous deux, chacun à sa manière. Aux paroles de Benjamin Epstein il n'y avait rien à ajouter, et l'entretien était clos.

Sur le chemin du retour vers la maison d'Alberto, Johnny Cohen, dans son taxi, méditait les paroles d'Epstein. Son interlocuteur lui avait sacrément remonté le moral. Oui, la patience avait payé. Il faut dire que celle des Juifs se devait bien d'être récompensée. Après deux mille ans d'attente le peuple juif allait enfin avoir un État ! Mais qu'étaient deux mille ans d'attente, au regard de l'éternité ? Cette perspective réjouissait l'avocat. Tout agnostique qu'il fût, un agnostique pur et dur, Johnny Cohen ne put s'empêcher d'avoir une pensée pour Dieu, qui devait bien rire, assis sur son nuage en regardant ce qui se passait en bas, sur cette planète.

Car la terre sur laquelle allait flotter le drapeau frappé de l'étoile de David, c'est bien Dieu qui l'avait promise aux Juifs. Il allait tenir sa promesse, le Créateur, après tout... Car Il avait promis, aucun doute n'était permis sur ce point. Alors Johnny ne put s'empêcher de rire. Il fut pris d'une énorme envie de rire, et il riait, il riait tant et plus. Car si demain Dieu ne tenait pas sa promesse, si le résultat du vote n'était pas celui qu'il attendait, aussi vrai qu'il était avocat, Johnny Cohen Lui intenterait un procès ! Un procès qui allait faire du bruit, qu'on se le dise ! Un procès dont le monde entier serait responsable, un procès pour promesse non tenue, pour promesse fallacieuse, tout simplement. Et Johnny Cohen savait qu'alors il aurait le droit pour lui. Ce procès serait à coup sûr le procès du siècle, celui qui allait enfin faire connaître Johnny Cohen du grand public. C'est pour cela que l'avocat riait aux éclats, seul dans son taxi. Il riait de sa folie, de sa démesure.

Chapitre 14

La nuit qui précéda le vote de l'assemblée générale de l'ONU sur le plan de partage de la Palestine, il y avait réunion au sommet chez Alberto. La discussion allait bon train, et tous essayaient d'estimer les chances d'un scrutin favorable à la cause qu'ils défendaient. Johnny Cohen avait bien entendu fait un compte rendu détaillé de sa visite impromptue chez Epstein. « Il est optimiste. Il a la certitude que nous allons remporter le vote. Et, en ce qui me concerne, j'abonde entièrement dans son sens. Car moi aussi j'ai mes informateurs. Et, croyez-moi, ils sont de première main. Chez Yankel, la boutique de delikatessen, j'ai rencontré par hasard Herschel Johnson. C'est un ami, nous avons fait nos études ensemble à Yale. Aujourd'hui il fait partie de la délégation américaine à l'ONU. Autant dire qu'il a vraiment mal tourné !

Ce qu'il m'a dit vaut son pesant d'or : Truman en personne a réussi à convaincre certains délégués, *a priori* défavorables au plan de partage, à changer d'avis. Il a également donné des instructions très claires au Département d'État pour qu'il prenne position en notre faveur, sans la moindre équivoque. Cette décision a immédiatement entraîné le ralliement à notre cause des Philippines, du Libéria et d'Haïti. D'ailleurs je suis tellement sûr que l'affaire est en bonne voie que j'ai parié 10 000 dollars à quinze contre un chez le bookmaker. Mais attention, je n'ai pas joué pour mon compte. Si je gagne, j'enverrai tous mes gains au futur État. Une sorte de cadeau pour la naissance du plus bel enfant engendré par le peuple d'Israël… »

Ben et Jérémy, prenant le relais d'Alberto, avaient fait le décompte précis des voix qu'ils pouvaient espérer. « C'est simple, l'opposition au plan de partage peut compter sur seize voix, au grand maximum, et encore avant le ralliement des pays cités par Johnny. Comme l'assemblée compte cinquante-sept membres, il nous faut donc trente-huit voix au minimum pour que le plan de partage soit adopté. » Deborah, elle, avait du mal à comprendre que, pour exister, le nouvel État soit dans l'obligation de réunir une telle majorité de voix.

– C'est injuste ! Pourquoi les Arabes, eux, n'ont pas besoin des deux tiers des voix pour bloquer le plan de partage ?

Question pertinente, à laquelle Alberto répondit avec le détachement d'un véritable philosophe.

– C'est ainsi, et nous ne pouvons rien y changer. Nous devons accepter cette situation comme une donnée de base du problème. Mais cette majorité, crois-moi Deborah, nous l'aurons. Fais confiance à Johnny, je ne l'ai jamais vu perdre un seul cent chez les bookmakers.

– C'est vrai, je n'aime pas perdre, je ne joue que les coups gagnants ! dit Johnny à Deborah, pour soutenir son moral qui flanchait un peu. Et, croyez-moi, ce soir nous allons forcer le destin. Nous allons fêter l'événement avant tout le monde, en buvant du champagne. Après tout vous savez comme moi que la France va voter en notre faveur, c'est donc la moindre des choses !

Alberto ouvrit les bouteilles, dont les bouchons sautèrent dans la joie générale. Mais son vieux fond superstitieux lui faisait craindre que cette victoire fêtée avant l'heure soit de mauvais augure. Il chassa cependant bien vite cette pensée de son esprit et, participant à la bonne humeur ambiante, lança à l'assistance : « Ici c'est sans doute le seul endroit de New York où l'on fête l'avènement de l'État d'Israël avant même sa naissance ! »

Le jour du vote, le samedi 29 novembre, tout le clan Jackson, renouant avec une tradition millénaire, avait décidé de jeûner. Ce shabbat-là était à marquer d'une pierre blanche : c'était celui qui verrait peut-être cesser l'errance du peuple juif, une errance qui durait depuis deux mille ans. Si le Très-Haut était avec eux, et il n'y avait aucune raison d'en douter, alors le vœu rituel de son peuple, « l'an prochain à Jérusalem », allait enfin être exaucé.

Toute la famille Jackson s'était rendue à Flushing Meadows, dans l'ancienne patinoire où devait avoir lieu le vote qui allait décider de l'avenir de l'État juif. Ils avaient pu y accéder grâce à Johnny Cohen, toujours lui, qui avait obtenu par l'intermédiaire de Herschel Johnson des laissez-passer diplomatiques pour tous ses amis. Quand ils arrivèrent, les débats préalables au vote venaient de commencer.

Dans ce lieu franchement surréaliste pour une assemblée des Nations Unies, ils étaient quelques milliers à espérer pouvoir entrer, dans cette salle où allait se jouer, en une poignée de minutes, l'avenir de tout un peuple. À l'intérieur du bâtiment, l'ambiance n'était pas au beau fixe. Les circuits téléphoniques, surchauffés et saturés par les appels incessants qui provenaient de tous les coins de la planète, avaient sauté. L'assemblée fut totalement isolée du monde extérieur pendant plus d'une demi-heure, une situation pour le moins embarrassante dans les circonstances présentes.

Tout se déroulait en dépit du bon sens, et Alberto avait dit :

– J'ai l'impression d'être dans une énorme salle de jeux. À une petite différence près, toutefois, c'est qu'ici ils sont cinquante-sept à décider qui va gagner et qui va perdre.

– Pas tout à fait, lui répondit Johnny. Ici, sache-le, tous les coups sont permis. Et tu as même le droit de tricher.

– Tu as raison Johnny. Et le pire, c'est que tous les joueurs ne le savent que trop bien. Enfin c'est la règle du jeu, et il faut l'accepter comme telle.

– Mais pour une fois, reprit Johnny, les Juifs vont pouvoir jouer comme les autres, avec les mêmes règles et, qui sait, peut-être même certains atouts. Ce n'est déjà pas si mal, non ?

Oui, pour une fois, les Juifs du monde entier étaient tombés d'accord, sur le principe de ce vote en faveur de la partition de la Palestine.

Jérémy avait alors surenchéri : « Nous allons jouer serré, et nous allons gagner ! » Ils voulaient tant y croire, tous, à la réalisation de leur rêve. L'énorme hall était maintenant bondé, noir de monde, une foule compacte faisant salle comble dans ce lieu trop exigu pour abriter tous ceux qui voulaient assister à ce vote historique.

La séance était présidée par le Dr Aranha. Près de lui se trouvait le Norvégien Trygve Lie, secrétaire général de l'ONU, le premier à occuper cette fonction. Derrière la tribune où siégeaient les deux hommes se trouvait un immense globe représentant la Terre, symbole de l'Organisation. Un peu partout dans le reste de la salle, au hasard des places disponibles, se trouvaient les différentes délégations des pays membres, réparties par tables sur lesquelles le nom de leur pays se trouvait inscrit. Après avoir enfin obtenu le silence demandé par le président de séance, les débats préalables au vote purent commencer.

« Rien ne va plus ! » avait persiflé Johnny. Et il n'avait pas tort. Car, de même que les sionistes avaient tout mis en œuvre, quelques jours auparavant, pour retarder le vote afin de s'assurer d'appuis suffisants parmi les votants, les délégués des pays arabes, à leur tour, se livraient à des manœuvres fallacieuses, ayant entendu siffler à leurs oreilles le vent de la défaite. Ils essayaient de gagner du temps, un temps précieux, afin d'obtenir le report du vote. Au prix de nouvelles angoisses mortelles pour leurs adversaires. Ce report qui leur permettrait de rallier à leur cause certains pays hésitants, faisant basculer la balance de leur côté. Camille Chamoun, le délégué du Liban, sortit de son chapeau un nouveau plan de paix, dont le caractère innovant échappait à tous.

Le futur président libanais se leva, et prononça un discours aux accents lyriques, affirmant : « Je vous l'assure, malgré tous nos efforts, malgré notre main tendue et notre bonne volonté maintes fois démontrée, aucune tentative de conciliation n'a pu être entreprise au cours des dernières vingt-quatre heures afin de rapprocher les parties. Voilà pourquoi le scrutin a été retardé. Aujourd'hui, plus que jamais, les pays arabes souhaitent parvenir à la conclusion d'un compromis, acceptable par tous. Voilà pourquoi, en ce jour, et au nom de tous les États membres de la Ligue arabe, je soumets à votre vote un nouveau plan de paix. »

Il s'agissait, encore et toujours, d'un projet d'État unitaire, rassemblant cantons juifs et arabes dans le cadre d'une fédération, et prévoyant une administration internationale spéciale pour Jérusalem. Ces paroles semèrent dans la salle une véritable consternation. Quelques minutes, qui semblèrent interminables, s'écoulèrent dans le silence général. Fort heureusement le rapporteur de la commission intervint, et déclara à la tribune qu'il était hors de question de reporter le vote. Il réfuta point par point les arguments développés par Camille Chamoun, soulignant que tous les efforts de conciliation avaient été entrepris, mais qu'ils avaient tous échoué.

La salle lui réserva un triomphe, et il fut applaudi dans l'hémicycle. Successivement, les délégués américain et soviétique prirent la parole, pour apporter leur soutien au plan de partage. Un moment de grâce, où les deux super-puissances étaient pour une fois d'accord, du jamais vu depuis la fin de la guerre. Leur intervention, sans doute concertée, porta un coup fatal à la manœuvre, grossière, des pays arabes. Rien n'est encore joué pour autant. Les délégués des États membres de la Ligue arabe, refusant de s'avouer vaincus après tant d'efforts déployés, tentèrent un baroud d'honneur, ultime salve pour faire échouer le plan de partage.

Ils demandent, d'une seule voix, le report du vote au 15 janvier 1948, afin que la commission puisse réexaminer la question, et parvenir à une partition plus conforme à leurs vues. C'était compter sans la lassitude qui commençait à gagner l'assemblée. Excédé par cette obstruction de dernière minute, le président de séance prit la parole. « Messieurs, j'ai pris acte de la position des États arabes, mais je souhaite que l'on s'en tienne strictement au calendrier qui a été fixé d'un commun accord par la commission *ad hoc*. Je décide donc, comme m'en donne le droit ma qualité de président de séance, que ce vote ne peut plus faire l'objet d'un nouveau report. »

Après ces atermoiements le scrutin put commencer. Alberto avait la gorge sèche, et Johnny Cohen tirait sur son cigare plus que de coutume. Leur nervosité était visible. Elle était partagée par Ben et Jérémy, qui brûlaient d'impatience. Dans l'assistance tout le monde sentait confusément que ce vote n'était pas un vote habituel, et que le souffle de Dieu était présent dans cette assemblée. Puisse-t-Il inspirer les représentants des nations, afin qu'ils fassent le bon choix ! Lorsque les délégués de chaque pays votèrent, l'un après l'autre, une douleur physique s'empara de tous les sionistes présents dans l'assistance : les quelques secondes séparant l'appel de leur nom de leur réponse constituaient une véritable torture. Certains Juifs particulièrement pieux s'abîmèrent dans une prière fervente, se balançant d'avant en arrière.

Lorsque le délégué français, au moment du vote, apporta sa voix au plan de partage, des tonnerres d'applaudissements éclatèrent dans l'assistance. La foule, restée silencieuse jusqu'alors, était sortie de sa torpeur. Le pays des droits de l'homme venait de montrer l'exemple. Restait à espérer que ce dernier serait suivi. À l'issue du vote, le président de séance procéda au décompte des voix et annonça : « 40 voix pour, 13 contre et 4 abstentions. Le plan de partage de la Palestine est adopté à la majorité qualifiée. » Seuls Cuba, l'Inde et la Grèce avaient joint leurs voix à celles des pays arabes. Tous les autres pays avaient voté « oui », ou s'étaient abstenus.

Le rêve de générations de Juifs devenait une réalité. La famille Jackson était comme sonnée par l'issue du scrutin. Elle avait peine à y croire : leur combat trouvait enfin sa récompense. Paralysé par l'annonce d'un résultat qu'il espérait de tout son cœur, mais auquel il n'osait pas tout à fait croire en son for intérieur, Alberto versa des larmes de joie. Deborah résuma le sentiment général lorsque, prenant la parole malgré son émotion, elle dit : « Pour nous tous c'est une nouvelle vie qui commence. J'ai l'impression de venir au monde une seconde fois. »

Un peu partout, dans New York, ce jour-là, ce fut la fête. À Brooklyn les gens s'embrassaient dans les rues, et les voitures klaxonnaient, leurs passagers brandissant fièrement le drapeau du nouvel État d'Israël. La police, ayant appris que les Juifs venaient enfin de se voir reconnaître un État, laissait faire, bon enfant : elle partageait avec la foule le bonheur de ce moment historique. Quelques jours plus tard Alberto recevait une lettre de Palestine.

Mes très chers tous,

Vous avez, comme moi, suivi de très près le déroulement du vote de l'ONU. D'autant plus près que, si je suis bien informé, vous assistiez au vote dans la salle même où il se déroulait. C'est une grande et belle victoire. Cela dit, j'ai failli mourir d'angoisse. Ici on fait la fête sans discontinuer. Si vous aviez vu comme une ville endormie peut se réveiller ! Oui, c'était un spectacle magnifique, toutes les lumières de Tel Aviv qui brillaient aux fenêtres, et le schofar qui résonnait un peu plus fort que d'habitude.

Vous ne me croirez peut-être pas, mais les premiers messagers de la bonne nouvelle furent les enfants. Oui, les enfants, des enfants par centaines, qui déboulaient miraculeusement de chaque coin de rue, de chaque carrefour, sous le beau ciel de Judée, constellé d'étoiles. Certains étaient d'ailleurs encore en pyjama. Ils n'avaient pas voulu perdre de temps à se changer avant de faire éclater leur joie dans les rues ! Il fallait les entendre scander « Debout, nous avons un État juif ! ». Je vous assure que c'était un spectacle que je n'oublierai pas de toute ma vie, dussé-je vivre cent ans, ou même plus.

Quand je pense que c'est à 9 000 kilomètres de chez nous que s'est décidé notre destin ! Vraiment, cela laisse rêveur. Pourquoi faut-il toujours que ce soit les autres qui décident pour nous ? Enfin, nous avons gagné notre indépendance. De haute lutte. Mais le combat n'est pas encore terminé. Loin de là. Il va nous falloir être plus vigilants que jamais. Nous en sommes tous conscients ici. Chaque Juif de Palestine s'est transformé en soldat, prêt à prendre les armes à tout moment, en combattant bien décidé à rétablir le royaume de David, au prix de sa vie s'il le faut.

Après les Anglais, ce sont les Arabes qu'il va falloir affronter. Tu me connais, j'ai toujours été d'avis que tous, Juifs et Arabes, pouvaient vivre en bonne intelligence sur cette terre. Mais le grand mufti de Jérusalem a prêché la guerre sainte, il endoctrine les éléments les plus radicaux du nationalisme arabe, semant la haine et la discorde. Comme s'il y avait quelque chose de saint dans la guerre ! Il n'a vraiment rien compris. Je sais depuis toujours que dans l'avenir, Juifs et Arabes, il nous faudra apprendre à être complémentaires.

Mais notre victoire est tellement belle... Pour autant je me refuse à tout triomphalisme : je ne sais que trop bien qu'aujourd'hui il nous reste un long, un très long chemin à parcourir. Au train où vont les choses, je me dis de plus en plus sérieusement qu'il va nous falloir faire la guerre pour gagner la paix. Et je ne peux que répéter les paroles si sages de notre ami Ben Gourion quand il dit : « À l'heure où la joie pénètre dans le cœur de la maison d'Israël... c'est déjà la guerre ! »

Mais pour l'heure je ne veux vivre que l'instant présent, me laisser aller à la joie après un combat que je mène depuis trente ans, tu le sais. J'ai du mal à trouver les mots pour décrire le bonheur que je ressens. Un bonheur qui n'est pas partagé par tous ici, certains trouvant le tracé des nouvelles frontières on ne peut plus fantaisiste. Il y en a même qui vont jusqu'à dire : « Notre patrie n'a pas été libérée, mais mutilée. » Moi je sais bien que ce n'est qu'un début, et qu'il va falloir nous armer de patience pour voir nos droits reconnus par tous.

Malgré ces réserves, tu t'en doutes, la fête bat son plein, ici, en ce 30 novembre, pour les Juifs de Palestine. Crois-moi, on s'en donne à cœur joie. J'ai vu des convois de tracteurs tirant des remorques pavoisées par les jeunes dans tous les kibboutz de Judée. Ils vont défiler dans les rues de Jérusalem, où la liesse est indescriptible. Les synagogues sont restées ouvertes toute la nuit, et elles étaient pleines à craquer.

Quant au Mur des lamentations, ce jour-là, il était devenu le mur de la joie et du bonheur. Les Britanniques se préparent à plier bagage, dans le courant de l'année prochaine. Il faut bien reconnaître qu'ils ont tempéré notre optimisme, car le représentant de Sa Majesté nous a confirmé que, jusqu'au 1er août 1948, il s'opposerait à la proclamation officielle de notre indépendance. Ça ne fait rien, nous attendrons. Quant à nos cousins arabes, ils ont été on ne peut plus clairs.

Le secrétaire général de la Ligue Arabe a appelé ses frères à la mobilisation, en déclarant : « Nous combattrons. » Mais malgré toutes ces menaces, vois-tu, nous sommes pleins de foi en l'avenir. Un avenir que nous construirons nous-mêmes. Que vous dire de plus, si ce n'est que j'ai hâte de vous revoir. J'attends avec impatience notre voyage à New York, le mois prochain, pour la naissance de l'enfant de Myriam et Jérémy. Et Sarah se joint à moi pour vous souhaiter un grand, un très grand Mazel Tov, *que nous vous chargeons de partager avec tous les hommes de bonne volonté.*

Andreï.

Impression réalisée sur CAMERON
par BRODARD ET TAUPIN
La Flèche

pour le compte des Éditions du Rocher
en octobre 2005

Dépôt légal : novembre 2005
N° d'impression : 32150

Imprimé en France